美紅
Miku
U35
Umiko
illustrator
12
進化の実
知らないうちに
勝ち組人生
モンスター文庫

「主様、どうですか？似合ってます？」
「この水着、ですか？変わった素材ですね！」
ルルネ
ロバ
ゾーラ・メルゴン
蛇族

「ど、どうだ……？
に、似合ってるか……？」
オリガ
元暗殺者
「……誠一お兄ちゃん。
見て見て」
アルトリア・グレム
冒険者

「こちらにおわす御方こそ、
拙者が仕える主である大和ムウ様でござる」
守神ヤイバ
侍
月影エイヤ
忍者

大和ムウ
元女王

Contents

進化の実
～知らないうちに勝ち組人生～⑫

美紅

MONSTER bunko

2

久しぶりの依頼

翌日。

昨日と同じように、俺とサリア、そしてアルは宿屋で少し遅めの昼飯を食べていた。

ちなみに、ゾーラとルルネはオリガちゃんに連れられ、また孤児院を訪れている。

どうやら昨日、サリアと孤児院に行ったとき、今日も遊ぶ約束をしたらしい。オリガちゃんにとっては、年の近い友達ができたようでよかった。ゾーラも子どもたちから怖がられることなく、馴染めたようだし。

ただ、ルルネがどんな扱いを受けるかは知らないけど。

ご飯を食べていると、アルがふとあることを思い出したように口を開いた。

「そういやあ、昨日もちょっと触れたが、誠一《せいいち》とサリアは依頼は受けてるのか？」

「え？」

「依頼？」

思わず首を傾げると、アルは若干《じゃっかん》呆れながら続ける。

「いや、オレも最近は忙しかったから大した依頼は受けていないが、それ以上に誠一たちは依頼を受けてる様子がねぇからさ……」

「んー、私は昨日とかクレアさんの孤児院に行ったけど、依頼じゃないし……」

言われてみれば、ギルドに登録するために試験を受けて以降、まともに依頼を受けた記憶がない俺。

……完全に忘れてたというか、なんというか……。

元々ギルドに登録したのは、神無月先輩たちの情報を集めるためってのと、身分証的なモノが欲しかっただけなので、依頼への熱心な気持ちは特にないのだ。

「誠一もサリアも、試験のときにせっかくお得意様ができたってのに、全然意味がねぇじゃねぇか……」

「あ、あはは……」

返す言葉もございませんね。

ギルドに登録するときの試験で、サリアは孤児院で子どもたちの面倒を、俺はアドリアーナさんの家のミルクちゃんを散歩させる依頼を受けたわけだが、お互いに依頼主が非常に満足していただけたおかげで、お得意様として定期的に依頼を受けられるはずだった。

だが、学園で先生をすることになったり、カイゼル帝国の兵士たちを海に捨ててきたり、ルーティアのお父さんを助けたり……普通の依頼を受ける時間が全くなかったのだ。

てか、こうして考えると濃い人生送ってるなぁ、俺。

つい遠い目をしてしまう俺に対し、アルはため息を吐いた。

「はぁ……まあ、忙しかったってのは分かるけどよ。それに、依頼は強制じゃねぇしな」

「だ、だよね！」

「――――だが！」

アルの言葉に乗ろうとするも、そんな俺の言葉を遮《さえぎ》り、アルはジトっとした目を向けてきた。

「お前らの実力でFランクとか詐欺《さぎ》だからな⁉」

「え、えー？　そうか？」

「なんでそこで首を捻るんだよッ！」

「だって、ギルド本部の連中は実力はあるのにCランク以下の人間ばっかりじゃん」

「つまり、自分で変態って認めるわけだな？」

「ハッ⁉」

アルの言葉に俺は愕然とした。

た、確かに、このままじゃあの変態たちと同じ扱いに……！

「い、今すぐランクを上げないと……！」

「……まあSランクも変人しかいねぇけどな」

「救いはどこ⁉」

ランクが低くてもダメだし、高くてもダメってどうすりゃいいんですかねぇ⁉

すると、アルは一つため息を吐いた。

「はぁ……まあ落ち着けよ。いきなりSランクなんてことは言わねぇから、せめてFランクからは抜け出せ」

「そ、そうだな……」

ひとまず、アルの言う通りFランクから抜け出すだけでもやっておこう。

海に行く以外にもう一つ目標を決めていると、ご飯を食べ終わったアルが立ち上がった。

「ってわけで、ギルド行くぞ」

「へ？」

「ギルドで、海のある街の方面に用事のある依頼がねぇか探してみるんだよ。運が良ければ護衛依頼もあるかもしれねぇしな」

「なるほど……」

「ってわけで、食い終わっただろ？　さっさと行くぞ」

「え？　あ、ちょっ！」

まだ食べている途中だった俺は急いで口にご飯をかきこむと、アルを追いかけるのだった。

◆◆◆

「む？　おお、誠一君たちじゃないか！　ギルドに顔を出すのは珍しいね」

久しぶりにギルド本部を訪れると、相変わらず受付の隣でマッチョポーズをとり続けるガッスルが、白い歯を輝かせながらそう言った。この人、本当に仕事してんのか？

もう何度目になるか分からない疑問を抱いていると、アルがガッスルに尋ねる。

「ガッスル、最近の依頼で海の方面に行くようなものってあるか？」

「海？　どうしたんだい？」

「ああ、実は……」

ガッスルの疑問に、アルは俺が海に行きたいといったときの話を告げた。

すると……。

「せ、誠一君……そこまで精神的に疲れているとは……何があったんだい？」

「そんな目で俺を見ないで⁉」

ガッスルは心の底から同情するような視線を俺に向けてきた。

「我々冒険者は自由だ。だというのに……休むという選択肢がないのは、追い詰められてる証拠じゃないのかな？」

「う、それは……」

実際は追い詰められてるわけじゃないと思うが、純粋に楽しく遊んだりした記憶がないからこそ、海に行きたいという提案をしただけなのだ。

この世界に来てからは、戦闘続きだしな。地球でも遊ぶような機会はほとんどなかったけども。

そんな俺たちの会話を聞いていた周囲の冒険者たちも、俺に可哀想《かわいそう》なモノを見るような視線を向けてきた。

「おいおい……そんなに疲れてるんなら俺と一緒にモノを壊すか？　譲るぜ？」

「誠一氏……私と一緒に幼女を見守りますかな？　癒《いや》されますぞ？」

「いやいや、ここは私と一緒に全裸になるのもどうです？　開放的ですぞ？」

「俺を犯罪者の道に引き込もうとしないでもらえます⁉」

もうイヤッ！　ちょっと休みたいって言っただけでこの扱いはどうなの⁉　泣くよ⁉

変態からも同情されるってどんだけ俺が追い詰められてるように見えるんだろうか。

そこまで考えて、俺はふとあることに気付いた。

ああ……よくよく考えれば地球と異世界じゃ当然休むってことに対する考え方も違うのか。

どちらかと言えば、今の俺の思考回路はブラック寄りになってたわけだし。

「まあ、彼らの誘いはともかくとして、欲望を発散するのは、実に気持ちがいいものだよ！

誠一君、君も欲望をさらけ出し、一緒に衛兵さんの世話になってみよう！」

「アホなの？」

「ＨＡＨＡＨＡ！　筋肉ジョークだ！」

どんなジョークだよ。ギルドマスターがこの国の兵士さんの世話になるようなこと推奨してるんじゃないよ。

思わずガッスルを睨《にら》むも、ガッスルは気にした様子もなくポージングをとり続けた。

「んで？　結局依頼はあるのか？」

アルがガッスルを呆れた様子で見つめながらそう言うと、ガッスルはポージングを変えて答える。

「うむ、ちょうどいいことに、一つだけ護衛の依頼が来ているね。それも、アルトリア君が言うようにこの国の港町……【サザーン】までの護衛依頼だ。まだ依頼のランク設定などは決めていなかったのだが……まあアルトリア君だけじゃなく、誠一君たちもいるし、大丈夫だろう」

どうやら【サザーン】という街まで、誰かを護衛すればいいみたいだ。

ただ、俺は一つ気になることを聞いた。

「あのさ、俺とサリアはまだFランクなんだけど、護衛依頼って受けてもいいのか？」

「うーむ、本来ならD級くらいからを想定してはいるが、Aランクのアルトリア君もいるし、問題ないだろう。それに、誠一君やサリア君も強いのは、知っているよ」

「……まあ、ノーコメントで」

一応、ステータスは偽装《ぎそう》したままで、隠しているつもりだが、最近はもう隠すのすら面倒というか、隠しきれないほど俺の体がやらかすというか……諦《あきら》めた。

いや、どう考えても誤魔化《ごまか》しきれないほど色々やらかしてますからね！　今さらだよね！

最初は隠してた方がトラブルに巻き込まれずに済むかなぁ？　とか考えてたけど、なんか隠してようが隠してなかろうがトラブルに巻き込まれるときは巻き込まれるし、あんまり意味ないなって。

「まあ、そういうわけで、依頼を受けるのは問題ないとも。ただし、ランクが低いことには変わりがないことと、相手はまだ君たちのことを知らないからね。それでもランクの低い君らを斡旋《あっせん》するからには、依頼金は少々安くなるかもしれないが、そこは分かってほしい」

「それは問題ねぇよ。オレとしては、どうせ海に行くなら誠一たちの実績にできるような依頼を受けてた方が得だってだけだしな」

「なるほど。では、エリス君に言って、ぜひ手続きをしてくるといい。その依頼人には私から連絡しておくから、また明日、このギルド本部に来てくれたまえ！」

ガッスルの指示通りこの護衛依頼のことをエリスさんに告げ、手続きを終えた俺たちは、ギルド本部を後にするのだった。

スカーフェイス商会

翌日、再びギルドを訪れると、ガッスルを探す。

しかし、いつもなら受付付近でマッスルポーズをとっているのだが、今日に限っては姿が見えない。あれ？

つい首を傾げていると、受付の奥にある部屋から、ガッスルが姿を現した。

「おーい！　誠一君！　こっちだ！」

「おお」

まさか受付の奥に案内されるとは思ってなかったので、少し驚きながらも俺たちは移動する。

すると、そこは応接室のような部屋で、質のいい机とソファーが置いてあった。

……これ、使ってるのか？　めっちゃ綺麗《きれい》なんだけど……。

果たしてギルド本部でこの部屋を使うようなことがあるのかと疑問に思っていると、ガッスルがやって来る。

「よく来たね。早速だが、誠一君たちの依頼主を紹介しよう。こちらが『スカーフェイス商会』のスカーさんだ」

スカーフェイス商会⁉　何だそのいかにもヤバそうな名前の商会は！

思わず名前に驚いていると、ガッスルの後ろから一人の男性が姿を現した！

「ククク……俺ぁスカーってんだ。よろしくな？」

どうしよう、どう見ても裏稼業の人だ……！

ガッスルが紹介した男性は、スキンヘッドで顔には大きな傷がついた、ガタイのいい大男といった見た目だった。

唖然《あぜん》と大男……スカーさんを見つめていると、スカーさんはニヤリと笑う。

「フッ……お前さんらが俺の依頼を受けてくれるって連中か？」

すると、スカーさんの問いにサリアが元気よく手を挙げた。

「はい！　そうです！」

「聞いた限りじゃあFランクって話だが……大丈夫なんだろうなぁ？　ああ？」

スカーさんは凄んでるつもりはないのかもしれないが、どう見てもガン飛ばされてます！

ただ、俺やサリアがFランクなのは合っているので、なんて答えようかと迷っていると、ガッスルが口を開いた。

「HAHAHA！　スカーさん、そこは安心してくれ！　彼らの力については私の筋肉に誓って保証しよう！」

「これ以上ねぇほどの安心材料だな」

そうなの⁉　神様とかじゃなくて筋肉に誓っただけですよ⁉

……いや、でも、ガッスルからすると神様より筋肉が大事なんだろう。それもどうなんだ？

「あー……そこのギルドマスターはともかく、オレはA級の冒険者なんで、何かあってもフォローできますよ」

どこか疲れた様子でアルは頭を抱えながらも、スカーさんにそう言った。

「ふん……なるほどな。そいつは安心だぜぇ」

「えっと……問題ないようでしたら、俺たちで依頼を受けさせてもらいたいんですが……」

「ああ、大丈夫だ。ただの確認だからなぁ？　ガッスルの野郎が、適当な連中を寄越すとも思わねぇしよぉ」

見る人によっては泣いてしまいそうなほど恐ろしい顔を歪め、スカーさんは笑った。い、いい人なんだろうけどね。

ひとまず依頼は無事受けられそうということで、安心した俺は、ふと気になったことを口にした。

「あ、あの……なんで護衛を雇おうと思ったんでしょうか？　スカーさんも戦えそうですけど……」

「そりゃあ最近盗賊《とうぞく》だの戦争だの物騒だからなあ？　身を守るためよぉ」

もう本当に申し訳ないが、どうみても貴方の方が奪う側の見た目してますよねぇ！

許して！　どう考えても俺の偏見だって分かってるから、せめて心の中で思うことだけは許して！

「確かに俺たちの店の者は全員戦えるが、俺たちの取り扱ってるものを考えるとなぁ……俺らだけじゃあ商品を護れるのか不安なんだよ。盗賊どもが死に物狂いで奪いに来るからなぁ？」

何を運んでるんですかねぇ⁉　盗賊が死に物狂いで奪いに来るとかよっぽどだと思うんですが⁉

「えっと……失礼ですが、何を取り扱ってるんですか？」

「ん？　それはなぁ……たったひと舐めで最高にハイになれちまう魔法の粉よぉ」

衛兵さあああああああああん！

どう考えてもヤバいじゃん！　見た目と相まって最悪だよ！

焦る俺をよそに、スカーさんは懐から丁寧《ていねい》に梱包された白い粉を取り出した。

「これが皆幸せにする奇跡の粉……『ヘブン・パウダー』だ」

「どんどんヤバさが増していく……！」

粉の名前とかどう考えても違法臭しかしないんですけど⁉　この護衛、本当に受けていいの⁉

俺はスカーさんの手にしている粉に、思わず【上級鑑定《かんてい》】のスキルを発動させた。

【ヘブン・パウダー】……スカーフェイス商会が様々な香辛料やアミノ酸、新種のうまみ成分などを配合した結果、奇跡的に生み出された調味料。絶妙な塩味とほのかな甘さが癖になり、中毒者が続出する。ただし、体に害のある麻薬成分などは含まれておらず、むしろ適量であれば健康にもいい。

めちゃめちゃ合法だった……！　しかも健康にもいいのね⁉

あれか、某米菓にまぶされている粉と同じタイプね⁉　確かに癖になるけども！

この世界にもあるの⁉　あれが⁉

すると、話を聞いていたガッスルが、神妙な表情で頷いた。

「うむ。この商品があるからこそ、スカーさんは毎回別の街に行くたびに護衛の依頼を出すんだよ。もし取り扱っている商品がこの粉じゃなければ、本当ならスカーさんには護衛なんて必要ないだろうからね。なんせ、冒険者として見ても少なくともA級の実力はある。店員もB級以上の実力者ぞろいだ」

本当にどんなお店なんですか？　冒険者並みに強い人で構成された商会って……謎すぎる。

スカーフェイス商会の戦闘力に戦慄《せんりつ》していると、スカーさんは『ヘブン・パウダー』の補足情報をくれた。

「ちなみにだが、過去にこの粉を巡って一つの国が滅びたくらい、人気なんだぜ？」

「今すぐ禁制にするべきだと思います……！」

合法かもしれないが、存在そのものがヤバすぎる！

「もしこの粉が手に入らなくなれば……世界中で暴動が起き、世界は終わるだろうなあ？」

「それほど⁉」

魔神よりヤバくない？　この粉。

魔神どころか粉一つで世界の危機ですよ？　おかしくない？

「まあ、この粉を舐めりゃあ、どんな嫌なことでも一発で忘れられる……そう、これさえあれば、人類皆幸せってわけよぉ」

聞けば聞くほどヤバいモノだと思えてきますねぇ！

……あれ、ちょっと待って。

魔神って世界中の負の感情で復活するし、力が増すんだよね？　でもこの粉なら皆幸せになれるから負の感情は生まれないってこと？

なんでそんな絶妙な均衡関係にあるの⁉　粉と魔神だよ⁉　片方神様だからね⁉

「ただ、一つこの粉にも弱点がある」

「え？」

「言っただろう？　この粉は、調味料だ」

うん。驚くべきことに、この粉は合法の調味料だ。何の麻薬成分も含まれていない。いや、本当になんで？

「そんな調味料だが……これ単体で美味《うま》すぎて、調和できる料理がない」

「調味料として終わってません？」

もはやただの中毒者続出のヤバい粉だよね。

それに、超似たような調味料を某食材ハンター漫画で見たことあるんですが！　実際に存在するとこんなにヤバい代物になっちゃうのね⁉

「ま、最近は異世界の勇者とやらが広めたレシピにある、唐揚げやら天ぷらやらが、この調味料と相性がいいことが分かったんだ。あと、米ってのを焼いたり揚げたりした……米菓って言ったか？　あれとも相性抜群だな」

それはどう考えても日本にあるハッピーになれる米菓ですね！　何を広めてるんだ、勇者は……！

ただ、言われてみれば唐揚げも天ぷらも美味《おい》しそうだな。この粉が同じような味なのかは知らないけど。

「それで、今回護衛してもらう港町では、魚のフライが最近のブームになってる。んで、ここで俺たちの『ヘブン・パウダー』の出番ってわけよ。まあ、前から取り扱っちゃあいたが、天ぷらや唐揚げと相性がいいことが分かってからは、より求められるようになったのさ」

「な、なるほど……」

ちゃんと理由がしっかりしてて、驚いてしまった。

いや、俺がおかしいんだ。だって、合法なんだもん。効果がおかしいだけで。

……でも納得できねええええええ！

思わず頭を抱えていると、今まで黙っていたルルネが、キリっとした表情で口を開いた。

「フン。その調味料、私が味見してやってもいいぞ？」

「……食いしん坊、涎《よだれ》すごい」

「た、滝みたいですね……」

表情そのものは凛々《りり》しいのだが、ゾーラの言う通り、ルルネの口からは滝のように涎が垂れていた。汚いから拭きなさい！

あと、そんな危険なものをルルネに食わせるなんて……どうなるか分かったもんじゃない！

このままだと無理矢理にでもスカーさんの持っている粉を奪いそうなので、俺はさっさと話を進めることにした。

「そ、それで！　いつ出発しますか？」

俺らとしては、今すぐ出発でも大丈夫だった。

一応、食材やら何やらは色々アイテムボックスに入ってるし、もし食材がなくてもスカーさんたち全員とこのテルベールまで戻って、もう一度転移で戻れば何の問題もない。

「できれば今すぐ出発したいが……大丈夫か？」

「大丈夫ですよ！　もしかして、急ぎですか？」

「ああ……前回『ヘブン・パウダー』を届けてから少し間が開いちまったからな。今頃、【サザーン】の街の連中はコイツを求めて殺し合ってるかもしれねぇ……」

「やっぱり禁制にしません⁉」

殺し合いにまで発展しちゃったらダメでしょ⁉

「ってなわけで、今すぐ行きたいわけよ。いいか？」

「わ、分かりました！　すぐに行きましょう」

こんな調味料一つで殺し合いとかシャレにならん！　冗談だと信じたいが……スカーさんの表情がマジすぎて訊《き》けないよね！

——こうして、無事顔合わせや確認を終えた俺たちは、すぐに港町【サザーン】へと出発するのだった。

……お願いだから、血の海じゃなくて青い海を見せてね！

港町サザーン

「――――それを寄越せえええええ！」

「これは私のよおおおおおお！」

「うひひひ！　う、美味い！　美味いぞおおお！」

「ハッ⁉　も、もうなくなっただと⁉　も、もっとだ、もっとくれえええええ！」

『……』

　だいたい一週間かけ、ウィンブルグ王国の海沿いにある港町……【サザーン】に到着した俺たち。

　そこに広がっていたのは、俺の期待していたような潮の香りや海の幸、輝く海などではなく、住人によるバトルロワイアルだった。

　老若男女問わず、全員の目が血走り、今回運んできた『ヘブン・パウダー』を求め、奪い合っている。

　唖然とその光景を見つめる俺たちをよそに、今回俺たちに依頼をしたスカーフェイス商会の会頭であるスカーさんは、部下の人たちに声をかけた。

「チッ……やっぱり暴走してやがったか……！　おい、テメェら！　暴れてる連中を殴ってでも止めろぉ！　そんでもって、持ってきた商品を売って売って売りまくれぇ！」

『おう！』

スカーフェイス商会の皆さんは、ガッスルが言っていた通り全員屈強な男性ばかりで、やはりどう見ても裏稼業をしてらっしゃる方々にしか見えなかった。

ただ、盗賊に襲われることがなかったのは、唯一よかったことと言えるだろう。もし襲われてたら、死に物狂いで奪いに来るらしいからな。今、目の前の光景を見ていると、ウソだとはもう思えない。

部下の人たちに指示を出し終えたスカーさんは、俺たちの方に振り向いた。

「さてと……今回は世話になったなあ？　コイツは今回の報酬とは別に、世話になった礼だ。受け取ってくれよ」

そう言って渡されたのは、依頼達成を証明する書類と、たった今略奪戦が繰り広げられている『ヘブン・パウダー』だった。

「ええええ!?　い、いや、俺は別に……！」

「じゃあな！　俺はこのまま部下どもと街の連中を黙らせに行くからよぉ」

すぐに粉を返そうとしたが、スカーさんはそれだけ言うと、そのまま街中へと殴り込みに行ってしまった。

「ええ……？　これ、どうすりゃいいんだ……？」

「あ、主様？　いらないようでしたら、わ、私が食べましょうか⁉」

「お前に渡すのだけは絶対にない」

「ガーン⁉」

ただでさえ、目の前で奪い合いが起きてるのに、そんなものをルルネに渡すとか恐ろしくてできるかッ！

争ってる街の人を全員倒して、独占する未来が見えるからね！

俺はすぐさま『ヘブン・パウダー』をアイテムボックスに放り込むと、改めてサザーンの街を見つめる。

「……これ、このまま入っていいんだろうか？」

「さあな。少なくとも、検問ができる状況じゃねぇだろ？」

アルはさほど驚いていないようで、呆れた様子でそう言った。あれ？　これが普通なの？　日常なの⁉

とはいえ、このまま突っ立ってるのもあれなので、俺たちはそのまま街へと入った。

中に入ると、テルベールや学園都市とはまた違った賑《にぎ》わいがあり、やはり港町ということで、海鮮系の出店が多く並んでいた。

……ただ、その店の店主はどこもかしこも『ヘブン・パウダー』を求めて争っているため、とても買える状況に見えない。

「残念だけど、今すぐ何かを食べることはできなさそうだなぁ」

「お店の人いないもんねー」

「ガガーン⁉」

『ヘブン・パウダー』に続いて、恐らく一番この街の料理を楽しみにしていたであろうルルネが、再びショックで立ち尽くしていた。『ヘブン・パウダー』はともかく、さすがにこの街の料理が食べられないのは可哀想すぎる。

今もスカーさんたちが止めに……あれ、殴ってでも止めろって言ってたけど、いいのか？

ますます裏稼業感が増していってません？

ともかく、『ヘブン・パウダー』も運んできたことだし、少し時間が経てば、この騒動も収まっていることだろう。

「とりあえず、先に依頼達成の報告をしに行こうか」

できれば町の人にサザーンの冒険者ギルドの場所を教えてほしかったが、今はそれどころじゃなさそうなので、自分たちで探すしかない。

この街の状況に呆れていたアルだが、アルもこの街に来たこと自体は初めてなようで、やはり場所は知らなかった。

「あ！　あれじゃない？」

しばらく街を歩いていると、サリアが一つの建物を指さす。

　すると、テルベールのギルド本部と同じ剣と盾の看板が掲げられた建物が目に入った。

「おお。見た目はそんなに変わらないんだな」

「まあ、所属してる連中は大きく違うだろうけどよ」

「え？」

　アルが不思議なことを言うので、思わず首を捻りながらも中に入ると、建物の造り自体はギルド本部と大して変わらず、酒場が併設されているような造りになっていた。

　だが、明らかに違う点が一つだけある。

　それは――――。


「へ、変態が……いない……!?」


　どこを見渡しても、武装した人たちが依頼用の掲示板を普通に見ていたり、酒場で酒を飲みながら談笑していたりと、ギルド本部では考えられないほど平和的な空間が広がっていた。

「あ、アル！　ここが本当にギルドなのか!?　市役所の間違いじゃなくて!?」

「お前毒されすぎだぞ」

「ハッ!?」

　アルに言われて気付いた。

そうだ、そうだった……！　このギルドが普通なんだよ！　あのギルドがおかしいんだ！

ヤバい、知らないうちに俺の常識まで乗っ取られていた⁉

「……あ、俺の常識も普通も不在だった……」

「何言ってんだ？」

アルに冷静にツッコまれてしまった。いやあ、最近、普通に逃げられているのでね。ついうっかり。

ひとまず受付に移動すると、よく日に焼けた肌の女性が、笑顔で迎えてくれる。

服も、ギルド本部でエリスさんが着ていたようなデザインがベースとなっているようだが、この海の街の気候に合わせているのか、かなり開放的で肌の露出が多い。

確かに、この街の気温は猛暑とまではいかないけど、かなり暑い。俺は装備の効果で特に苦労していないが、アルなんかはこのギルド支部に来るまでに少し汗をかいていた。

「サザーン支部へようこそ！　依頼の発注ですか？　それとも、新規登録でしょうか？」

「あ、いえ、依頼を達成したので、その報告です」

「なるほど！　では、書類とギルドカードを拝見いたしますね」

スカーさんから貰っていた書類とギルドカードを渡すと、受付の人は確認した瞬間、微かに目を見開いた。

「ああ、スカーさんの依頼を受けていたんですね。他所から来られた方は、街の人の様子に驚かれたでしょう？」

「え、ええ。そうですね」

「まあ数か月に一回の頻度でああなりますが、ちゃんと落ち着きますので安心してください」

数か月に一回の頻度であんな恐ろしい奪い合いが行われてるの⁉

サラッと恐ろしい情報に驚いているが、このギルドにいる人たちの様子を見るに、本当に一種のお祭りみたいな扱いらしい。迷惑な上に殺伐とした祭りですけどね！

俺が渡した書類を元に、手続きを終えた受付の女性は、笑みを浮かべた。

「はい、依頼の達成を確認いたしました。おめでとうございます！　この依頼の達成で、サリア様と誠一様、そしてゾーラ様のランクがFランクからEランクへと上がりました！」

「へ？」

「ええ⁉」

「おおー」

まさかの報告に俺は驚き、サリアは感心したような声を上げる。ゾーラに至っては目が点になってる。

ランクアップか……全然考えてもなかったけど、そんなに依頼って受けてたっけ？

Fランクだったときは、同じFランクの依頼なら10個、Eランクの依頼なら5個達成する必要があったはずだけど……。

俺はともかく、サリアはちょくちょく孤児院の手伝いをしていたし、それが依頼として処理されていたのなら、納得と言えば納得だ。それでも俺までランクが上がったのは謎ですけどね！

いや、それを言うのなら、登録したばかりのゾーラがランクアップしてるのも不思議だ。

すると、そんな俺の考えていることが分かったのか、受付の人が教えてくれた。

「今回のランクアップについてですが、サリア様は時々行っていた孤児院のお手伝いである程度達成回数が溜まっていたというのもありますが、今回の護衛依頼はDランクの依頼として処理されたので、これ一つでランクアップという形になったのです」

「あ、なるほど……」

確かにガッスルも、護衛依頼はD級からを想定してるって言ってたもんな。

つまり、二個上のランクの依頼を達成したから、ランクアップしたと……。

「なので、誠一様とサリア様、ゾーラ様のランクアップは正式なものとなりますので、ご安心ください」

「ありがとうございます」

「それと、こちらが新たに更新されたギルドカードとなります」

そう言いながら渡されたカードを確認すると、そこにはEランクと書かれている。

ギルドに登録しておいて、全然依頼を受けてなかったからな。ようやくEランクか……あまりにも遅いな！　俺の体は毎回進化してるのにね！

「やったね、誠一！」

「あ、ああ」

「ま、まさか、こんなに早くランクアップするなんて思いませんでした……」

ゾーラも受け取ったカードを見つめながら、そう口にする。

というか、俺はゾーラより早く登録してたのに、一緒のランクなのはヤバいよね？　……もっと働こうかな。いや、今回は休暇で来てるわけだけどさ。

「そういえば、ルルネとオリガちゃんは登録しなくてもいいのか？」

あまり深く考えたことはなかったが、この二人の実力は確かだ。

特にオリガちゃんは、まだ幼いけど俺以上に色々な経験を積んでるし、冒険者向けの知識も多く持ってるはずだ。

まあ、ルルネは戦闘能力こそ訳が分からんレベルで高いが、それ以外の不安要素が大きすぎるってのはあるが……。

「私は主様の騎士ですから。それ以外の依頼は受けませんよ！」

「あ、そういえばそんな設定だったな」

「設定⁉」

だって、食べてるところしか印象に残ってないんだもの。しかも、俺の騎士って言うくせに、食欲優先ですしねぇ！

「……私も、登録してまで依頼を受けようとは思わない。誠一お兄ちゃんたちと一緒にいるだけで十分」

「そっか」

オリガちゃんの頭を撫《な》でると、嬉しそうにオリガちゃんは目を細めた。

もろもろの手続きが終わった俺たちだが、せっかくなのでこの街のオススメの宿を訊いてみる。

「あの、この街は初めてなんですけど、どこかオススメの宿屋ってありますか？」

「それでしたら、『ウミネコ亭』がオススメですよ！」

受付の人に場所を教えてもらいつつ、俺たちは礼を言うと、サザーンのギルド支部を去るのだった。

◆◆◆

「ここが『ウミネコ亭』かぁ……」

「大きいね！」

教えてもらった場所に行くと、そこには地球で言うリゾートホテルのような、立派な建物があった。

しかも、海に面している場所に建てられており、バルコニーなんかからの景色が期待できる。

ちなみに、依頼達成の手続きを終えてギルドを出るころには、街の様子もだいぶ落ち着いており、ちらほらとだが、商売が再開していた。

……一時的とはいえ、街全体の経済が止まるあの粉は本当にヤバいと思います。

建物の中に入ると、吹き抜けのエントランスに、観葉植物や小さな噴水、それとラタン系の椅子や机が置かれており、地球のリゾートホテルを連想させる。

こんな場所は地球でも行ったことがなかったから、かなり新鮮だ。

「いらっしゃいませ！」

思わず中を見渡していると、店員さんが声をかけてくる。

その服装も、半袖半パンと非常に涼し気で、肌はよく日に焼けていた。

「えっと、泊まりたいんですけど、部屋は空いてますか？」

「はい、大丈夫ですよ！　この時期はいつも観光客も減るので……」

でしょうねぇ！　あんな恐ろしい街の人々を、わざわざ見に来る観光客はいないと思います！

「それで、お部屋はどうしましょう？　今でしたら、当ホテル一番のお部屋もご用意できますが……」

「料金はどれくらいでしょうか？」

「一泊につき、おひとり様金貨2枚です。ですが、値段に見合ったお部屋だと自負しておりますよ！」

おお、それは気になる。

なんせ、今回この街に来た大きな理由は、休養するためなのだ。

できるだけ贅沢に過ごしていいだろう。

お金も普段そんなに使わない上に、たくさん魔物を倒しているせいか、使いきれないほど余ってるし……。

「お客様の人数ですと、三人部屋を二部屋ご用意という形になりますが……」

「それは問題ないので、そのお部屋をお願いします」

「かしこまりました！」

前なら確かに色々気にしていたけど、何だかんだとサリアと一緒の部屋で泊まることに慣れているので、今さらそこを気にすることはない。やましいことは何もしてないし、いたって健全ですしね！

六人分の代金で金貨十二枚を渡すと、それと交換する形で鍵をもらった。

「では、お客様のお部屋は最上階の六〇一号室と六〇二号室となります。お食事もセットに含まれておりまして、食堂に行けばいつでも食べられますので、ぜひご利用ください」

そんな店員さんの言葉を聞いて、ルルネが真っ先に食事という言葉に反応していたが、俺たちは食堂に行く前に一度部屋へと移動するのだった。

レストランでの一幕

「わー！　広いねー！」

「本当にな……」

　案内された部屋に移動した俺たちは、その部屋の内装に驚いた。

　一番高い部屋というだけあり、大きなベッドが三つ並んでてもまだまだ広く、床や机、椅子のどれもが高級な素材で作られていることが素人目《しろうと》でも分かった。

　何より一番すごいのは、部屋のバルコニーから見渡せる景色だ。

　しかも、この一面の海を展望できるこのバルコニーには、ジャグジーが備えられている。

　ジャグジーはこのスイートルームにしか備えられていないという魔道具で、とんでもなく高価らしい。てか、魔道具の幅広さよ。この世界って電気や科学が発展してないのに、魔法でだいたいなんとでもなっちゃうもんな。

　さすがにテレビやネットといった、世界規模の魔道具はないみたいだけど、それでも十分すぎる。

　部屋の中を見ていると、同じくジャグジーを見つけたサリアが目を輝かせた。

「すごーい！　お部屋の中にお風呂があるよ！　誠一、一緒に入ろ！」

「いいいい一緒に⁉」

「ばっ！　サリア、何言ってやがる⁉」

サリアのとんでもない発言に俺もアルも目を見開いた。

だが、サリアは不思議そうに首を捻る。

「なんで驚いてるの？」

「な、何でって……普通に考えて不味《まず》いだろ⁉」

「どうして？　私は誠一のお嫁さんだよ？」

「ふぁ⁉」

ここに来て俺の嫁さん発言に、俺の思考は停止した。

い、いいのか……？　サリアは俺のお嫁さんだし、いいんですか……⁉

正常な思考ができないでいると、顔を真っ赤にしてアルが叫ぶ。

「そ、そうかもしれねぇが、オレもいるんだぞ⁉」

「え？　アルも一緒に入らないの？」

「へ⁉」

サリアさあああん？

アルも一緒にというサリアの発言に、今度はアルが固まった。

「おおおおオレも一緒に⁉」

「うん」

「お、オレが……誠一と……？」

どんどん顔を赤くしていくアルだったが、やがて脳で処理できる範囲を超えたようで、顔から煙を吹きだした。

「アル、しっかりしろ！　アルがしっかりしないと誰がツッコむんだ⁉」

「オレと……誠一……裸……」

「アルうううううううう！」

ダメだ、アルが戻ってこない……！

俺としては、そりゃあサリアたちと入るだなんて天国のような状況であることに間違いはないが、もっと健全なお付き合いをしたいわけでして……！

アルに至っては、ご両親に挨拶《あいさつ》もさせてもらってないし……！

何とかアルを正気に返そうと肩を掴んでゆすっていると、爆弾発言をした当のサリアがバルコニーから海を眺め、口を開いた。

「それにしても、すごいね！　これが海なんだ……」

感動した様子で呟《つぶや》くサリアに、ようやく正気に返ったアルも、同じく海に視線を向けた。

「あ、ああ。確かにすごいよな。こんなデッケェ水たまりがあるなんてよ」

「水たまりって……」

アルの例えに思わず苦笑いを浮かべると、サリアはアルの言葉に頷いている。

「本当に大きな水たまりだね！　池とか川は見たことあるけど、世界にはこんな大きな水の世界が広がってるんだねー……」

海を初めて見たサリアの感想に、俺は改めてあの森をサリアと一緒に出てよかったと思った。

これからも、サリアたちと知らない世界を見ていけたらいいなぁ。

しばらくの間まったりとした時間を過ごしていると、ルルネたちがこっちの部屋に遊びに来て、そのままレストランへと向かうことになるのだった。

◆　◆　◆

「「「「…………」」」」

ホテルに併設されているレストランにやって来た俺たちは、ただただ呆然としていた。

「ふむ……中々の味だな……む、こちらも捨てがたい……おお、これは好みの味付けだ……おい、量が少ないぞ！」

運ばれてはそのまま積み重なる皿を前に、ルルネは足を組み、どこぞの評論家のようなことを口にしながら凛々しい表情を浮かべている。

そんな意味不明な光景に、食事を運んでくる店員さんもただただ絶句していた。

お腹が限界だとルルネが言うので、とにかく料理をかたっぱしから注文しまくったのだが、その結果が目の前の光景である。

最高級の部屋に泊まる俺たちは、ルームサービスの一環として、部屋に食事を運んでもらうこともできるようだが、それだと待つ時間がかかるということもあり、ルルネの腹をとにかく満たすためにレストランに来たのだ。

「む、何をしている？　早くおかわりを持ってこないか」

「は、はい、ただいま！」

「いやいやいや！」

つい唖然とその光景を見つめていたが、俺はついにツッコんだ。

「腹が減ってたのは知ってるよ？　でもおかしいだろ⁉　なんで食事が運ばれると同時に皿の上が空になるんだ⁉」

「もちろん、私が食べてるからですが？」

「ウソだろ⁉」

何当たり前のことを聞いてるんだといった様子のルルネだが、待ってほしい。

さっきから料理が運ばれてきては、俺たちはその料理が何なのか確認することなくすでに皿が空になっているのだ。

しかも、その料理を食べているというルルネは、特別咀嚼《そしゃく》している様子もなく、ごくごく自然体に座ったまま、こうして普通に会話までしているのである。どう見ても口は何かを食べているようには見えない。

もし何かを口に入れていたら、少なくとも喋りにくいはずだし、いくら早食いだと言ってもさすがに限度がある。

「手品の間違いだろ⁉　食べてるっていう割には、お前普通に喋れてるし！」

「え？　それは体で食べてますから……」

「お前は何を言ってるんだ⁉」

体で食べるって何だよ⁉　食事は口でするもんだろ⁉

つか……！

「さっきからお前しか食べてねぇじゃん！　俺らにもご飯を回せよ！」

「おかわり！」

「話を聞けえええええええええ！」

おかわりじゃねぇよ！　見てみろよ、店員さんの顔！　超引き攣《つ》ってるからね⁉

一食分であれば、問題なく部屋料金に食事代も含まれているのだが、ルルネの食いっぷりはどう考えても限度を超えている。追加で支払うのは確実だろう。お金の心配は一切ないとはいえ、ルルネは遠慮を覚えた方がいい。

「そもそも、そんな回転ずし感覚で食うもんじゃねぇだろ⁉　どう見ても高級料理……って、確認する間もなく食われてるから、どんな料理だったのか分からないだと……⁉」

ホテルの質的に、このレストランで出される料理も高級なはずなのだが、ルルネのせいで全く分からない。

俺たち、レストランに来てから皿しか見てないからね？

すると、店員さんが運んできた料理をまたも空にしながら、ルルネが俺の言葉に反応した。

「回転ずしって何ですか⁉」

「料理にだけ反応するのやめてくれる⁉」

てか、もしルルネが地球に来るようなことがあれば、回転ずしは隣の席に回ってくることなくすべての寿司を食いつくすだろう。最悪すぎる。

『ヘブン・パウダー』のせいで街に着いたときはどこもお店が閉まってて、料理を楽しめなかったから、ルルネが嬉しいのは分かる。

でも、俺らも同じでせっかくの海の料理が食べられなくて悲しかったのだ。

「わー……ルルネちゃん、よく食べるねー」

「……これ、オレたちが食べるぶん、残るのか？」

「さ、さあ……？　どうなんでしょうか……」

ルルネの食いっぷりに、サリアたちも何て言えばいいのか分からないらしい。そりゃそうだ。

俺も戸惑ってますからねぇ！

ルルネの暴走っぷりに頭を抱えていると、何故かオリガちゃんが泣き始める。

「お、オリガちゃん⁉　どうしたの⁉」

「……ぐす。ごめんね、誠一お兄ちゃん。食いしん坊、生物じゃなくなっちゃった……」

「生物じゃなくなった⁉」

じゃあ今ここにいるのは何者なのよ⁉　元はロバですからね⁉

「……ぐす。食いしん坊、宇宙になっちゃった……」

もう意味が分からない。

何をどうすればロバから宇宙にジョブチェンジできるんですかね。

すべての間違いは、ルルネに人間の食べ物を与えたことだな。そうに違いない。

「もうよく分からんが、俺たちにも食わせろおおおおお！」

何とかルルネの暴走を制御しつつ、俺たちはようやく食事を始めることができた。

というより、ようやくまともに食事を皿の上で見ることができた、という方が正しいかもしれない。

今まで空皿しか見てなかった俺たちの目の前には、透き通るような刺身や、よく煮られた魚など、とても美味しそうな料理の数々が目に飛び込んできたのだ。

……こんな旨そうで綺麗な料理が、俺たちの目に入ることなく空皿になってたとか恐ろしすぎるだろ。

そんな美味しそうな料理だが、唯一不安な料理が一品だけ存在した。

それは……。

「あ、あの……このフライって……『ヘブン・パウダー』使われてます？」

――白身魚のフライの料理だ。

スカーさんが言うには、『ヘブン・パウダー』は唐揚げやてんぷら、フライ料理などと非常に相性がいいらしいので、この料理に使われていてもおかしくない。

なので、恐る恐る料理を運んできた店員さんに尋ねると……。

「ああ、ご安心ください。当店では『ヘブン・パウダー』は使用しておりません。というより、どこの食堂でも使われていないと思いますよ？」

「え、そうなんですか？」

「なんせ、すべての料理の味が『ヘブン・パウダー』に持っていかれてしまいますから……料理人としては、たまったものではないですし。もちろん、個人で使うのはどこの店も禁止にはしていないので、もし『ヘブン・パウダー』を使いたくなれば、自分で所持しておく必要がありますね。料理人の方々も自分の家には『ヘブン・パウダー』を置いてる方が多いので、『ヘブン・パウダー』自体を否定しているわけではありませんし」

「なるほど……」

『ヘブン・パウダー』の弊害がすさまじい。

味はいいのかもしれないが、料理人泣かせ過ぎるだろ。

でも、この街の料理を楽しみたい俺からすると、それはとてもありがたかった。

それはサリアたちも同じだったようだが、ルルネだけ少しがっかりしていた。コイツに食わせるのだけはダメだ。

ただでさえ、宇宙になったとか訳の分からん状況なのに、『ヘブン・パウダー』を食ったら何になるんだ？　神ですかね？

「んー！　この魚、美味しいね！」

「ああ。生で魚を食べるってのは初めてだが……かなり美味いな」

「……ん。この黒いショウユ？　ってのと相性がいい」

「わ、私はこのお吸い物が好きです！」

皆それぞれお気に入りの料理が見つかったようで、サリアは煮つけ、アルは刺身、オリガちゃんは唐揚げ、そしてゾーラはお吸い物が気に入ったようだ。

テルベールにも魚料理はあるが、新鮮な魚を使わないと刺身は食べられないので、俺も久しぶりに生魚を口にした。

一応、食べる前に『上級鑑定』を発動させ、寄生虫の有無とか確認したけど、そこら辺も問題なかった。

もしかしたら、地球と違って、この世界の魚にはあまり寄生虫がいないのかもしれないけどな。

俺はどの料理も甲乙つけがたく、とても悩むが、やはりアルと一緒で刺身が美味しかった。

久しぶりに食べられたというのもあるが、醤油やワサビの存在も大きい。

ただ、醤油もワサビも地球が関係しているのかと思えばそういうわけでもなく、港町では日ごろからよく使われている調味料らしい。元は、昔に東の国から渡ってきた調味料を、この街サザーンで作られるようになったんだとか。

そういえば、東の国っていう、日本に似た国があるんだったな。いつか行ってみたいな。

そんなことを考えながら食事を終えると、店員さんが皿を下げるためにやって来た。

「お食事はいかがでしたか？」

「あ、とても美味しかったです！」

「それはよかったです！　今の情勢だと、中々外からくるお客さんもいませんから……」

確かに、カイゼル帝国が戦争を始めたって中、他の国からの観光客は中々見込めないかもな。

「なので、お客様に美味しいと言っていただけて、我々も安心しました。ところでお客様方はこの街には観光に？」

「ええ。一応、冒険者としても登録していて、この街には依頼で来たんですけど、観光が大きな目的できました」

「そうだったんですね」

俺の言葉に納得といった様子で頷く店員さんを見て、ふと尋ねてみることに。

「それで、この街を見て回る際、何かオススメの場所とかありますか？　今のところ海で遊ぶことしか考えてなくて……海も、どこかオススメの場所があれば、教えてほしいです」

そんな俺の質問に、店員さんは笑顔で答えた。

「なるほど、海水浴ですか！　それでしたら、『天国の砂浜』がオススメですよ？　一番大きな場所ですし、場所もこの宿からすぐ近くです！」

「おお、何だか綺麗そうなところですね。何か、名前の由来があるんですか？」

「ええ！　『ヘブン・パウダー』みたいな砂浜なので、そう名付けられました！」

「いい加減あの粉から離れません!?」

この街ヤバいよ！　いや、あの粉がヤバいって！

「ただ、海もオススメですが、私としては西の森の中にある湖なんかもオススメですよ！」

「え？　湖もあるんですか？」

「はい！　港町として有名なこの地では、海産物が多く食べられてます。ですが、実は近くには森もあり、山の幸も堪能できるんですよ？」

へぇ……すごいな。この場所だけで、海と山の両方を楽しめるのか。

「それで、近くの森には湖がありまして、そこで釣りをして楽しむこともできるんです！　もちろん、釣れた魚を持って来ていただければ、料理としてお出しすることもできますよ？」

「湖行きましょう、主様！」

「お前は料理に釣られてるなぁ」

魚の前にロバが釣れたよ。

それよりも、ここは海鮮だけじゃなくて、川魚とかの淡水魚系も食べられるんだな。

このレストランで出された料理はどれも海の幸だったから、個人的には湖にいる魚も気になる。

地球だと川や湖って色々汚れてるイメージだけど、異世界は空気も綺麗で、水も化学物質に汚染されてることもないだろうから、多少は安全だろうし。まあ川魚は寄生虫が怖いから生で食うなって言うし、ちゃんと調理したものになるんだろうけど……この世界だとそこら辺はどうなんだろう？

さっき刺身を鑑定したときにも感じたが、この異世界じゃ寄生虫って存在がそもそも少ないかもしれないし。

店員さんの言葉につい迷ってしまう俺は、皆に訊く。

「どうする？　海もいいけど、湖での釣りってのも楽しそうじゃない？」

「私は釣りでもいいよ！　やったことないし！」

「オレも気になるな。それに、今日一日で全部遊びつくす必要もねぇだろ？」

「……ん。休暇で来てるし、明日海で遊べばいい」

「そうですね。湖はダンジョンの中でも見たことありますが、釣りはしたことないですし、楽しみです！」

　全員釣りをすることに問題はないようで、今日の予定は釣りに決定した。

　アルとオリガちゃんの言う通り、今日で全部遊ぶ必要もないし、明日海に行けばいい。

「一応、森には魔物や獣が出る可能性もありますが、皆さま冒険者ということでしたので、大丈夫かと思います」

「確かにそうですね。情報、ありがとうございます！　早速釣りに行ってみたいと思います」

「いえいえ。それと、釣り竿が必要でしたら、宿を出て右手側に釣り具を売ってるお店もありますので、そちらを覗《のぞ》いてみるといいと思いますよ！　お魚、楽しみにしてますね」

　もしかしたら、店員さんの狙いは湖の魚だったのかもなと、最後の言葉を聞いてつい苦笑いしてしまった。

　そんな店員さんに改めて感謝すると、俺たちは教えてもらった釣り具店に行き、湖へと出発するのだった。

魚

レストランの店員さんから湖での釣りを勧めてもらった俺たちは、釣具店で各々の気に入った釣り竿を買った後、目的地である湖にたどり着いた。

湖は、さすがに地球の琵琶湖ほどの大きさはなく、見渡せる程度の大きさだったが、地球で見かけるようなゴミが浮いていることもなく、綺麗そうだ。

水が透き通ってるということはないが、確か透き通った水って実は栄養がないって何かで聞いたことあるし、この場合は多少濁って見えるくらいがいいんだろう。よく知らないが。

それはともかく、店員さんの話では、道中魔物も出る可能性があるってことだったが、運よく遭遇《そうぐう》することはなかった。

まあ、観光地の一つに数えられてるくらいだし、日ごろから周辺の安全を確保するために冒険者が動いていたりするのかもしれないな。

ただ……。

「見事に人がいないな」

「そうだねぇ」

湖に着いたはいいものの、俺たち以外には人の姿が見えなかった。

「うーん……観光客はいなくても、サザーンに住んでる人の姿くらいはあると思ったんだけどなぁ」

「それこそ無理なんじゃねぇか？　オレらが運んできた『ヘブン・パウダー』を死ぬほど求めてたみたいだしよ」

「……そうだった」

　アルの言葉に、俺は思わず納得してしまった。

　普段なら人の姿もあったのだろうが、この時期に限っていえば、皆『ヘブン・パウダー』を求めることに必死になっているか、普通の仕事しているかの二択だろうしな。

「あ！　あれって何ですか？」

「ん？」

　湖を見ていると、ふとゾーラが何かを指さした。

「ああ、あれか。あれはボートだな」

「湖に浮かんでますけど、何するものなんですか？」

「あの上に乗って、水の上を移動するんだよ。オールっていう手で漕ぐための棒を使ってね」

「そんな乗り物があるんですねぇ」

　ダンジョンで暮らしてきたゾーラにとって、地上で見るものすべてが新鮮なんだろう。

　その目は光を反射する湖のようにキラキラ輝いていた。

「それにしても、ボートも貸し出してるのか。しかも、無人で……」

よく見ると、ボートが泊まっている場所には看板と何やら集金箱のようなものが置かれており、ボートを使いたい人はあの集金箱にお金を入れるんだろう。

日本では野菜の無人販売所だったり、神社の賽銭箱《さいせん》だったり無人のお金を入れる場所は多々あるが、こんな異世界でも目にするとは思わなかった。

というのも、この世界は地球とは比べ物にならないほど治安が悪い。

盗賊なんて連中もいれば、魔物もいるのだ。

そんな世界で無人販売を行うなんて、普通なら考えられないんだが……。

「ここでは成立してるんだろうなぁ」

「ま、ここは特殊だろうさ。それこそ王都と同じくらいにな」

俺の呟きに、アルがそう言った。まあ、治安がいいのはいいことだ。

思わず感心していると、先ほどからソワソワしているルルネが、ついに耐え切れなくなった様子で俺の服の裾を引っ張った。

「あ、主様……」

「ん？　どうした？」

ルルネに顔を向けると、ルルネは目を潤ませ、どこか情けない様子で俺を見上げる。

「その、早く魚を捕まえて食べたいのですが……」

「昼飯食ったばっかだろ⁉」

　レストランで食事してから一時間も経っていないというのに、ルルネはそう口にする。コイツの腹はどうなってるんだ。

　ルルネの言葉に驚きながらも呆れていると、オリガちゃんが口を開いた。

「……食いしん坊の意見に賛成じゃないけど、私も釣りしたい」

「確かに、ここで話すために来たわけじゃねぇもんな。おら、早速やろうぜ？」

「そうだな」

　アルにも促され、俺たちは各々準備を始めた。

　釣具店ではただの木の棒に糸と針をつけただけのような粗末なものから、それこそどう作ったのかさえ不明なアシスト式の最新の釣り竿まで、幅広く取り扱っていた。

　アシスト機能が付いているのは、どうやら魔道具の力らしく、その釣り竿は無駄に高かった。なんせ、金貨5枚だ。俺たちが泊まっているスイートルームにすら泊まれてしまうぞ。

　しかし、俺としてはそんな最新式の釣り竿が欲しいわけでもなく、普通にのんびり釣りができればそれでよかったので、そこそこいい素材で作られた釣り竿を購入していた。というより、皆同じものを買ったのだ。

　ロッドの造りなんかは地球でよく見た釣り竿と何ら変わらないが、素材自体は地球にはない【竹石】っていう不思議な鉱物が使われているらしい。

何でも、負荷がかかってもそう簡単に折れず、よくしなる素材で、釣り竿にピッタリなんだとか。この不思議素材が地球にあれば、色々な場所で活躍しそうだな。パッと何に活躍できるか思いつかないけどさ。

餌は定番のミミズなんかも売っていたが、実は釣具店の店員さんにオススメされた餌を半ば強制的に売りつけられたんだよな。

餌《えさ》としては、ミミズや虫なんかとは比べ物にならない最強の食いつきを発揮するって話なんだが……。

中身すら確認する間もなく流れるように会計を済まされたので文句を言う暇《ひま》もなかったが、大丈夫なんだろうか？　まあホテルの従業員が教えてくれたお店だし、そうおかしなものを押し付けてくるとも思えないけどさ。

早速アイテムボックスに入れていた餌を取り出し、『上級鑑定』を発動させた。

【ヘブン・パウダーの練り餌《え》】

「おいいいいいいいいいいいいい!?」

ここに来てもあの粉か!?　どこまであの粉を使うんだ!?

この街は魚までシャブ漬けですか⁉　いや、実際は調味料ですけども！

手にしている練り餌に戦慄していた俺だったが、すぐにあることに気付き、急いでルルネの方に視線を向けた。

「ん？　何だ？　この餌。妙に美味そうな匂いがするが……」

「ストオオオオオオオオオオップ！」

「あ、主様⁉」

ルルネは俺の予想通り、練り餌に鼻を近づけ、その匂いを嗅いで食べようとしていた。油断も隙もありゃしねぇ。

「る、ルルネ！　さすがに魚の餌を食べるのはどうかと思うぞ⁉」

「で、ですが主様。この餌、とてもいい匂いが……」

「お前がそれを食ったら、魚が釣れないぞ？　そうなると、お前が楽しみにしていた川魚が食べられなくなるが、いいんだな？」

「そ、それは困ります！」

ルルネは俺の言葉を受け、どこか未練がましく練り餌を見つめていたが、やがて諦めた様子で針に付け始めた。セ、セーフ……！

無事、ルルネが釣り糸を湖に垂らす様子を確認し終えた俺は、改めて手にしている練り餌に目を向けた。

……これ、使って大丈夫なんだよな？　間違って人間が釣れたりしないよね？

本格的にあの街が心配になっていると、一足先に釣りを始めていたサリアが駆け寄ってきた。

「誠一ー！　見て見てー！」

「ん？」

「じゃーん！　大きい魚釣れたー！」

「おお！　すごいな！」

サリアの手には、銀色の鱗が眩しく光る、立派な魚があった。

鑑定した結果によると、【クェーク】という異世界独自の魚で、街では普通に食べられる魚らしい。

ただ一点気になるところがあるとすれば……。

『クケケケケケ』

どう見ても魚の目がイッちゃってません⁉　変な鳴き声まで聞こえるし！　つか、魚って鳴くか⁉　普通！

ツッコミどころしかない魚の様子に、ますます俺の手にしている練り餌に対する不安が募っている。

だが、鑑定の結果によると、この魚が練り餌の効果で食べると俺たちの体に害を及ぼすことになることはないようだ。信じられねぇほど魚が狂ってますけどね！

だってあのじっと見つめてくるような目が特徴的な魚が、一目見て快楽に溺れたように黒目が半分上を向いており、口からは涎のようなものまで見えるのだ。意味が分からない。

魚の様子にドン引きしていると、サリアは笑顔で続ける。

「釣りって楽しいね！　森にいたときみたいに素手で捕まえた方が早いけど、これは面白い！」

言われてみれば【果てなき悲愛の森】にいたとき、サリアは俺のために魚を素手で捕まえてくれていたのをふと思い出した。

やはり、サリアにとっては素手で捕まえる方が簡単なんだろうな。ゴリアのときに素手で捕まえるのは違和感がないが……今のサリアが素手で魚を捕まえたら、絵面がとてもシュールなことになりそうだけど。

「でも、アルの方がすごいよ！」

「え？」

「ほら、アレ！」

サリアが指した方に視線を向けると、釣りをしているアルの姿が。

ただ、俺の知ってる釣りとは様子が違っていた。

何故なら――。

「コイツも大きいな。んじゃあ、もういっちょ……って、もう釣れた……」

アルが糸を垂らせばその瞬間魚が食いつき、釣れるのだ。まさに入れ食い状態。

唖然とその光景を見つめていると、俺の視線に気付いたアルが、困惑《こんわく》した表情を向けてきた。

「なあ、誠一。さっきからポンポン魚が釣れるんだが……これが普通なのか？」

「い、いや、そんなことはないと思うけど……」

「だよなぁ……どうなってんだ？」

首を傾げるアルだったが、何となくその理由に思い当たった。

俺と出会う前のアルは、それこそ『災厄《さいやく》』なんて二つ名がつくほど、運が悪かった。

その運の悪さは周囲にまで影響を及ぼすため、アルは王都テルベールから自由に動けなかったのだ。

詳しくは知らないが、アルの知り合いの冒険者がテルベールに結界を張っているらしく、それのおかげでテルベールではその不運さが抑えられていたらしい。

実際、アルは称号の効果でステータスの運の数値がマイナスに振り切っていたくらいだ。

だが、黒龍神のダンジョンで遭遇した宝箱を倒し、手に入れたアイテムの効果で、称号の効果が打ち消され、今までの不運がウソのような、とんでもない運の数値を手に入れたのだ。

しかも、それは俺と一緒に色々なダンジョンを巡る前の話。

今のアルは、『超越者』と呼ばれるような、レベル500を超えた存在なので、ステータスの運もどれほど成長しているのか分からない。

だからこそ、今の入れ食い状態も何ら不思議ではないのだが……。

「ぐぬぬ……釣れん！　何故釣れんのだあああ！」

「……食いしん坊、うるさい」

「あ、あははは……あ、糸が引いてます！」

「……ん。じゃあ竿を上げよ」

アルが釣り無双《むそう》を繰り広げる横で、ルルネはまさに坊主状態。何て対極的な……。

それに対して、ルルネの近くで二人一組で釣りをしているオリガちゃんとゾーラは、見ているこちらが和んでしまうほど、ほのぼのとした状態で適度に魚を釣り、楽しんでいた。二人とも楽しそうで何よりだ。

皆の様子を見ていると、サリアが首を傾げる。

「誠一はしないの？」

「ん？　いや、そろそろしようと思ってるよ」

「そっか！　誠一なら、すごいのが釣れそうだね！」

「いやあ、どうだろうなぁ」

何せステータスが家出して帰ってこないので、運も何もあったもんじゃない。ほんとどうな

ってんの？　捜索願出した方がいい？

ひとまず練り餌に不安こそあるものの、いつまでも気にしていたら何もできないので、俺も意を決して釣りを始めた。

一度糸を垂らしてしまえば、そこからは特別葛藤するようなことも……いや、あの目がイッてる魚を見るとダメだな。

ボーっと水面を見つめながら、のんびり釣りを楽しんでいると、俺の垂らした糸についていた浮きが沈んだ。

「お、何かかかったな」

俺は浮きが沈んだところで、軽く竿を振り上げた。

ドッパアアアアアアアアアアアアアアアアアアアアアアアアアアアアン！

「「「「……………」」」」

それは、巨大な魚だった。

まるで龍のようにスリムで、分厚く、大きな白銀の鱗に覆《おお》われている。

顔も龍のような、いや、ワニ？　サメ？　とにかく、凶悪な歯がびっしりと並ぶ巨大な口を持っている。

どう見ても湖よりでかいその魚を前に、俺が竿を振り上げたことで、宙に投げ出されていた。

というより、釣り上げられた魚の方も目が点になってる。まさに、釣り上げられるなんて思ってもいなかったかのような顔だ。

唖然としながらも、俺はつい『上級鑑定』を発動させた。

【真・バハムートLv：10000】

バハムートだとおおおおおおおおおお!?

しかも『真』ってなんだ、『真』って！

でも逆に納得できてしまった。

だってどう見ても湖よりデケェもん！　どこにその体が収まっていたんだ!?

それに、レベルがどう見てもおかしいじゃん！　ゲームだとラスボスどころか裏ボスクラスじゃない!?　何でこんな湖にいるの!?　勇者どころか周囲にはヤバい粉の中毒者しかいませんよ!?

っていうか、今の糸の引き、どう考えても小魚クラスの引きだったと思うんですけど!?　少なくとも湖より大きい魚の引きじゃねぇ！

特に大きな当たりって感じでもなく、普通に釣っちゃったよ？　それこそ何の抵抗もなく釣

れたからね⁉

あれか？　俺の力がおかしいから簡単に釣れたのか⁉

色々ツッコみたいことはある。

だが、先に一つ言わせてくれ……！

「お前、淡水魚かよ⁉」

「触れるとこおかしいだろ⁉」

俺のツッコミに、アルがツッコんだ。

いや、アルさん。そうは言うが、俺としてはバハムートなんてゲームではラスボスっぽいポジションを任されちゃうような魚が、湖にいるなんて考えられないんですよ。

それこそ海の奥底とかにいそうな雰囲気じゃん。偏見なのは認めるけども。

未だに俺に釣り上げられたことが信じられない様子の真・バハムート。本当に真って何だ……。

空中で呆然としているバハムートを見上げていると、そんなバハムートの顔面に蹴《け》りが突き刺さった⁉

「バアアアアアハアアアアアアアムウウウウウウウウウトオオオオオオオオオオオオオ！」

「グギャアアアアアアアアアアアアアアアアアアアアアアアアアア⁉」

ルルネの蹴りは、超巨大なバハムートを容易く吹き飛ばした。

しかし、ルルネはバハムートが吹き飛んだ先で落下することすら認めず、一瞬にして吹き飛んだ先に先回りすると、再び蹴りを叩き込む！

「私は！　貴様を！　食らう！　この日を……！　待っていたぞおおおおおおおおおお！」

「ギャッ!?　グゲ!?　グゴォ!?　グギュ!?　グゲゲゲゲゲゲゲゲゲゲゲゲゲゲゲゲゲゲゲ！」

蹴る蹴る蹴る蹴る蹴る蹴る蹴る蹴る！

それはもう、怒涛《どとう》の勢いで蹴りを放ち続けるルルネ。

「私の……糧になれえええええええええええええええええええ！」

「グゲラアアアアアアアアアアアアアアアアアアアアアア!?」

最後に強烈な一撃をバハムートに叩き込むと、バハムートは再び湖へと叩き込まれた。

すさまじい水飛沫《しぶき》が上がり、まるで豪雨に晒《さら》されたような形で俺たちは頭から水を被る。

そして、水飛沫が落ち着くと、湖には完全ＫＯされたバハムートが哀れにも浮かび上がっていた。

「ルルネちゃん、すごいねー」

『……』

水に濡れたにもかかわらず、サリアはのんきにそんなことを言う。

するとルルネが誇《ほこ》らしげな表情で帰ってきた。

「さあ、主様。私はついにやってやりましたよ！　念願のバハムートです！」

「……」

「主様？」

「……ルルネ、晩飯抜きね」

「主様ああああああああああああああああああ⁉」

俺の無慈悲な一言に、ルルネは絶叫した。

いや、俺たちが濡れたのは……よくはないけど、まだいい。

でもさ。

「ルルネ、周囲を見てみ？」

「ふぇ？」

俺がバハムートを釣りあげたときでさえ、確かにとんでもない水飛沫が上がったが、湖に浮かんでいたボートはまだ無事だったし、なんなら周囲の木々にも影響はなかった。

だが、ルルネが再び湖に叩き込んだことで、湖に浮かんでいたボートは壊れ、周囲も滅茶苦茶な状況になっていた。

これ、どうすんの？

「……食いしん坊、さすがにない」

「え、えっと……くしゅん！」

「……ゾーラお姉ちゃん、大丈夫？」

「は、はい。いきなりだったので、少し体が冷えたのかも……」

「……やっぱり食いしん坊はダメ」

「だ、ダメ⁉」

静かに怒っているオリガちゃんからの言葉もあり、ルルネはさらに目を見開く。

「あー……もうこの際ルルネの処遇はどうでもいい」

「どうでも⁉」

アルの言葉に、ルルネはついにとどめを刺されたようで、動きが止まった。

「それより、この状況をどうするかだろ」

「まあ、ボートは普通に考えれば弁償だよなぁ……」

「ボートはまだいい。この周りをどうすんだよ……」

ルルネの蹴りの余波で、木々が滅茶苦茶になり、周囲の土まで大変なことになっていた。

「はあ……とりあえず、魔法で何とかしよう」

「できんのか？」

「まあ……ヴァルシャ帝国でカイゼル帝国の兵士たちを土地ごと海に投げ捨てたとき、空いた場所の木々を魔法で戻したことがあるから大丈夫」

「まずその前例がぶっ飛んでることに気付けよ？」

大丈夫。気付いてる。あのときはノリと勢いでやったから、今となっては黒歴史ですけどね！

まるで灰になったように白くなったルルネを放置し、ひとまずバハムートを回収した俺は、魔法でできるだけ周囲の環境を元に戻しつつ、ボートのことを含めて謝罪するために街へと戻るのだった。

ということになったからだ。

「バハムート……バハムート……」

湖から帰って、色々な場所を巡って謝罪をした俺たち。

その間もルルネはうわごとのようにバハムートと呟き続けていた。

というのも、あの釣り上げたバハムートはすべて、サザーンの街に寄贈することになったからだ。

一応、街の偉い人……いわゆる町長さんのところまで向かい、頭を下げたのだが、そもそもバハムートなんていうとんでもない存在が棲みついていたことすら初耳だったようで、むしろ俺たちの心配をされてしまった。

それだけに罪悪感が余計に募るのだが、無事討伐《とうばつ》したことと、壊れてしまったボートの弁償などを告げると、驚きながらも気にしなくていいとすら言われてしまったのだ。

町長さんとしては、そんな伝説級の魔物が出てきたのに湖周辺の被害だけで済んだだけでありがたいという話だったが、それだと俺の申し訳なさが半端ないので、釣り上げたバハムートを寄贈することにしたのだ。

持ち帰る際、バハムートは他の魔物と同じようにドロップアイテムへと姿を変えたが、そのドロップアイテムはバハムートの各部位といった形で、俺はよく分からないが、さすがに伝説級の魔物だし、鱗やら牙やらは何かに使えるだろう。

ただ、俺が倒したのではなく、ルルネが倒したので『完全解体』のスキルが発動することはなく、ステータスやらスキルやらは手に入れていない。いや、いらないけどね。ステータス貰っても表示するステータスがありませんから！　スキルも自由自在に作れるようなもんだし！

とにかく、バハムートのすべてを手に入れたってワケじゃないが、それでも、ルルネを除けば俺たちだけでは消費しきれないような量のバハムートの身が手に入ったのだ。

バハムートって美味しいらしいし、ぜひともこの街の人に食べてもらいたい。

そう思ってバハムートを寄贈したら、今のルルネが出来上がってしまったのだ。

「そう落ち込むなよ。釣れた魚だってたくさんあるんだし、バハムートも完全に食べられないワケじゃない。何なら『ウミネコ亭』で調理してくれるって言ってたじゃねぇか」

「ですが……ですが……全部じゃないじゃないですかあああああああ！」

「いや、さすがにあれ全部はいらねぇだろ……」

何日バハムートを食べ続ける気だよ。カレーじゃねぇんだぞ。

いくらルルネ一人で消費できるとはいえ、それに付き合わされるのはたまったもんじゃない。

何よりルルネが料理をするんじゃなくて、他の人が料理するんだし。

ルルネが叫んでいると、オリガちゃんがジトっとした目をルルネに向けた。

「……でも、食いしん坊は今日のご飯抜き」

「嫌だあああああああああああああああああああ！　それだけは嫌だあああああああああああああ！」

ガン泣きだった。

黙っていれば超美少女のルルネは、恥も外聞《がいぶん》もなく、鼻水を垂らして泣き喚いた。

だが、オリガちゃんも許すつもりはないようだ。俺としてはもういいかなって気もするが、そうやって甘やかすからああやって暴走するんだと思いなおす。食べるのが好きなのはいいが、暴走しないでほしい。

最後まで泣き続けるルルネだったが、結局オリガちゃんの許しは出ず、俺たちはルルネを部屋に置いて、レストランで夕食をとった。

ちなみに、その夕食では俺たちの釣ってきた川魚とバハムートも出されたのだが、新鮮な川魚が美味しいのはもちろんで、皆バハムートの美味しさに驚いた。

これは確かに美味いな。レストランの店員さんの話では、明日の朝も昼も、今日出された料理を含め、様々なバハムート料理を用意してくれるとのことで非常に楽しみだ。

ルルネがいないので落ち着いた状態で飯を食べることができた俺たちは、それぞれ部屋に戻るとバルコニーの露天風呂に入り、ゆっくりと眠りにつくのだった。……もちろん、別々に入ったからな？

◆◆◆

「うぅ……美味しい……美味しいよぅ……」

翌朝。

ご飯抜きから解放されたルルネは、レストランで朝食を泣きながら食べていた。

しかも、昨日の昼食のときとは違い、ちゃんと味わいながら、ゆっくりと食べているのである。

その姿に驚く俺たちだったが、ルルネは泣きながらその変化について語った。

「わ、私が愚かでした……食の前にはすべてが平等であり、生きるために他者を殺し、いただく……生と死という概念がある食事を、そんな食事をより彩るために先人たちが積み重ねてきた料理の歴史を、あろうことか私はよく味わいもせず、ただ馬鹿正直に美味い美味いと……うえぇぇぇえん」

な、何かよく分からんが、昨日の晩御飯を食べなかっただけで、ルルネの中でとんでもない心の変化が起きたようだ。

王都カップのときは、朝食を家畜の餌だから食べないって理由で食わなかったが、強制的に飯を禁止させられたことがとてもこたえたようだ。

念願のバハムートも食べられたルルネだが、食べたときの反応は川魚と同じで『美味しい

……今の私はすべてに感謝している……美味しいよぅ……』と言いながら食べていた。

うーん……ここまで変わってしまうと心配になるが、しばらく様子を見よう。普通に考えれば、あの暴走気味だった食欲が抑えられるってわけだしな。

ひとまず食事を終えた俺たちは、今日は当初の目的通り海に行く予定だ。

だが、俺たちは誰も水着を持っていないので、これまたホテルの従業員さんにオススメの水着が売っているところに向かい、買ってから海に向かうつもりだ。

そんなわけで、準備を終えた俺たちは、早速出かけるのだった。

◆　◆　◆

水着を無事購入した俺は、一足先に海へと来ていた。

「ここが『天国の砂浜』か……」

名前の由来はともかくとして、確かに天国といってもいいほど、真っ白な砂が辺り一面に広がり、真っ青な海の色と綺麗なコントラストを演出している。

何故、俺が先にこの場所に来たのかと言えば、アルたちにそう言われてしまったからだ。

どうやら水着を選ぶのに時間がかかるとのことで、先に海に行って準備しておいてほしいと言われた。

というのも、どうやら海に行くとパラソルやらテーブルやらを貸し出しているようなので、その設置をしておくことができるというわけだ。

その情報通り、パラソルやテーブル類を借りた俺は、周囲を見渡す。

「うーん……全然人がいないな」

まさに観光シーズンから遠ざかった海のように、人の姿がない。

まあ、この海を貸し切りだと思えば、むしろありがたいくらいだ。

適当に良さそうな場所を探し、パラソルやテーブルをセットしてくつろいでいると、アルたちがやって来た。

「誠一！」

「ん？　おお――――!?」

アルたちの方に振り向いた俺は、言葉を失った。

何も考えずに普通に設置したり、水着を買ったわけだが、普通に考えればその買った水着を着るわけで……つまり、皆の姿が刺激的だった。

まず、アルはその褐色の肌によく映える真っ白のビキニを着ている。

「ど、どうだ……？　に、似合ってるか……？」

「え、えっと……」

恥ずかしそうにしながらそういうアルの様子があまりにも魅力的過ぎて、言葉を失っていると、アルはますます顔を赤くする。

「な、何か言えよッ！　どうせオレには似合ってねぇよ！」

「そんなことないって！　ただ……その……綺麗だったから、つい……」

「～～～！」

　これ以上ないほど顔を赤くしたアル。

　すると、オリガちゃんが声をかけてきた。

「……誠一お兄ちゃん。見て見て」

「この水着、ですか？　変わった素材ですね！」

　なんと、オリガちゃんは……いわゆるスクール水着を身に着けていた。しかも、胸元にはひらがなで『おりが』と書かれている。絶対に勇者の仕業だろ！

　オリガちゃんの水着には驚いたが、ゾーラもまた、刺激的な水着姿だった。

　ゾーラはアルと同じように緑色のビキニを着ていたが、パレオを身に着けており、非常に大人っぽい。

「主様、どうですか？　似合ってます？」

　いつもより若干大人しく、それでいてどこか不安そうにそう訊いてくるルルネは、緑と白のストライプのショートパンツタイプの水着を着ており、普段の活発的なルルネによく合っている。

「オリガちゃんの水着は予想外だったけど、よく似合ってるよ！　ゾーラも大人っぽいし、ルルネも、その……可愛《かわい》いと思うぞ」

母さんにはいいと思ったことは褒《ほ》めなさいと育てられたとはいえ、水着の女の子を褒めるのはさすがにハードルが高いっす！

女の子への耐性がない俺には、非常に刺激的で嬉しいのだが困るという、何とも贅沢な悩みに悩まされていると、ふと気付く。

「あれ？　サリアは？」

「ん？　サリアなら――」

「――誠一ー！」

「お？　サリ――!?」

サリアの声の方に振り向いた俺は、再び言葉を失った。

何故なら――。

「ドウ？　似合ウ？」

――赤いビキニを着たゴリアがいた。

「どうしてだよおおおおおおおおおおおおおおおお!?」

「モウ、照レ屋ナ誠一。モット見テ？」

「見る前になんでその姿なのかの説明を求める……！」

「誠一ガ喜ブト思ッテ……好キデショ？」

「ちっがあああああああああああああああああう！」

バーバドル魔法学園の文化祭のときも思ったが、サリアは俺を何だと思ってるんだ⁉

……いや、ゴリラに告白したのは俺だし、あってるのか。そうかあ。

よく見ると、ゴリアも可愛いと思えてきたぞぅ！

「ああ、似合ってるZE☆」

「イヤン、照レル」

サムズアップすると、ゴリアは頬に手を当て、体をくねらせた。

そして急に体が光ったかと思うと、いつものサリアに戻る。

「誠一に似合ってるって言われたから、満足！」

「サリアの満足の基準が分からねぇ……！」

人間の姿に戻ったサリアの水着姿は、それはもう非常によく似合っており、正直かなり目のやり場に困るというか……。

やっぱりゴリアの方が俺の目に優しかったな！

すると、顔の赤さが引いたアルが、一つ咳払いをした。

「コホン。とりあえず、ここで話してねぇで遊ばねぇか？　せっかく貸し切りみたいな状態なんだしよ」

「そうだね！　じゃあアル、行こう！」

「え？　ちょっ……サリア⁉」

アルはサリアに手を引かれると、そのまま海へと走っていく。

「……ゾーラお姉ちゃんも行こ？」

「は、はい！　私、泳ぐのは初めてなので、緊張します……」

「……大丈夫。私も初めて。だから、こんなものを借りてきた」

「え？　それは……」

「……『浮き輪』って道具らしい。水に浮くから、これに掴まれば安心」

どうやら水着を買ったお店で浮き輪を借りられたらしく、二人分の浮き輪を用意しており、それを持ってゾーラと海に向かう。

それぞれが海に向かう様子を眺めていると、一人残ったルルネが声をかけてきた。

「あの……主様は泳がれないんですか？」

「え？　ああ、ちょっとね……」

俺は海を見ながら、ふと地球の……進化する前の俺のことを思い出していた。

海に来ておいてなんだが、あまり水関係にいい思い出がない。

例えばトイレの個室に入れば、頭の上から水をかけられるなんて普通にあったし、何より水泳の授業が一番きつかった。

俺を虐《いじ》めてた連中が、先生の目を盗んで俺の頭を押さえつけ、溺れそうになるなんてしょっちゅうあったくらいだ。

さすがにこれは死ぬだろうと先生に報告したのだが……先生は対応してくれなかった。

『――さっきからクラスメイトに殺されかけてると言うが、君はこうして生きてるじゃないか』

『先生！　死んじゃったらここにいないです！』

『屁理屈を言うんじゃない！』

『屁理屈扱い⁉』

――こんな感じで相手にしてもらえなかったのだ。

至極まっとうなことを言ったと思うんですけどね！　このときはさすがに泣いちゃったよね！

しかも、俺が先生に告げ口したこともバレ、いじめっ子たちはより一層先生に見つからないように徹底して俺を沈めてくるようになった。その努力の矛先をぜひとも水泳に向けてほしかったものだ。

だから水泳が嫌で見学を申し出ても、先生は取り合ってくれず……。

『お前。先生の前で堂々とサボろうとするとはいい度胸だな？　バツとして、先生が許可するまで泳ぎ続けるように』

『い、いや、さすがにそれは――――』

『つべこべ言わずやれ。お前のその無駄な肉があれば、沈むことはないだろ？　さっさと始めろ！』

『ひでぶ⁉』

……これまた延々と泳ぎ続けさせられるという始末。

少しでもペースが落ちたり、楽しようとすれば問答無用で先生から叱責が飛ぶというまさに負の連鎖。今考えてもどうすることもねぇな！

そんなこんなでいじめっ子たちからの水攻めと、先生の指導によって延々と泳ぎ続けさせられた結果、皮肉なことに水泳が得意になってしまったのだ。

とはいえ、嫌な思い出があるのには変わらない。

ならなんで海に来たのかと言えば……純粋に、水関係の思い出を楽しい思い出に上書きしたいなと思ったからだ。

サリアたちとこうして海に来れただけで、俺としてはもうこれ以上ないほど報われた気持ちになっている。

「何だか、海に来ただけで満足しちゃってね」

「はあ……ところで主様」

「ん？」

「この砂浜……食べられるんですかね？」

「食うんじゃねぇよ⁉」

確かに見た目はまんま『ヘブン・パウダー』ですけども！　でもただの砂ですから！

「まったく……バカなこと言ってないで、ルルネも遊んで来いよ。もうちょっとこの光景を眺めたら、俺も泳ぐからさ」

「そ、そうですか？　では、お先に失礼しますね」

ルルネはそう言うと、そのままオリガちゃんたちの方へと走っていった。

この世界に来るまでは色々あったけど、大切な人たちがたくさんできた。

カイゼル帝国とか魔神教団とか、よく分からん連中がたくさんいるが、俺は俺なりに、大切な人が守れたらいいな。

そんなことを考えた俺は、少しして海へと向かって行くのだった。

海

「あ、誠一ー！　こっちこっちー！」

「おう、今行く！」

海を眺めていた俺は、サリアに呼ばれたこともあり、結局海へと向かう。

まあ色々昔のことや、これから先の分からないことを考えても仕方ないしな！　今は楽しもう。

「さて、早速！」

俺は海へと駆け出し、そのまま飛び込んだ！

「ぶへ⁉」

しかし、俺は海に飛び込まず、何故か砂浜に頭から突っ込むことに。

「ぺっぺっ……あ、あれ？　まだ海じゃなかったかー」

クソ、恥ずかしいじゃねぇか。

海に思いっきりダイブするつもりが、砂浜に顔から突っ込むなんてよ。

「んー……確実に海に飛び込めたと思ったんだけどな。まあいいや！　もういっちょっ……！」

再度駆け出し、海へと飛びこ――――。

「ふべら⁉」

――――めない⁉

「なんで⁉」

再び砂浜へと頭を突っ込んだ俺は、勢いよく顔を上げた。

どう考えてもおかしいだろ！　今のは確実に海に入れる位置だったぞ！

顔を上げ、目の前を見た俺は、自分の状況に絶句した。

何故なら――――。

「海が……俺を避けてる……⁉」

そう、俺のところだけぽっかりと穴が開いたかのように、綺麗にそこだけ海がなくなっていた。というより、俺から離れていた。

「ちょっ……待って！　お願いだから！」

俺は立ち上がると、すぐに海の方へ駆け出す。

だが、それと同時に海も動き、俺をよけ続けるのだ。

「なんでえええええええ？　俺にも泳がせてえええええええええ⁉」

追いかけても追いかけても海が避けていく。俺何言ってんだ？

でも、本当にそうなのだ。

そりゃあ少し本気を出せば追いつけるだろうけど、そんなことしちゃうと最初の踏み込みでこの砂浜全部が消し飛びそうだし、何ならこの星が耐えられるか分からない。……本当に俺は何を言ってんだ？

しかし、何度も言うが、本当にそうなのだから仕方がない。

必死に海を追いかける俺を見て、近くでサリアと遊んでいたアルが、半目で俺を見てきた。

「……何やってんだ？　誠一」

「海が俺から逃げるうううううう！」

「意味が分からねぇよ」

「俺も分からねぇよおおおおおおおおおおおおお！」

海水浴に来たのに、泳がせてもらえないって何⁉　そもそも海から避けていくこの状況を誰か説明して⁉

そんな俺の願いが通じたのか、脳内アナウンスさんが不意に声をかけてきた。

『誠一様に触れられるなど畏れ多いと、海が避けているのです』

「海に畏れられるって何いいいいいいいい？」

俺たち人間からすれば、自然の方が十分畏れ多くて偉大だと思うんですが⁉

海が勝手に割れるとなると、地球で有名なモーセの話が浮かぶが、その中身がまるで違う。

あのモーセさんでさえ、何か神様の力とか、とにかくすごい力で海を割ったのだ。

少なくとも俺みたいに海が勝手に割れたわけじゃねぇ！

「ていうか、海に来たのに俺泳げないの⁉」

何のためにここ来たの？　黄昏《たそが》れるため？　切ねぇな！

終わらないツッコミを続けていると、脳内アナウンスが遠慮がちに声をかけてきた。

『あのぅ……もし海を渡りたいのでしたら、道を開けましょうか？』

「開けなくていいですううううううううう！」

何、その無条件の待遇っぷり。怖いよ。

「俺は！　ただ普通に泳ぎたいだけなの！　濡れるのとか気にしないから、普通にしてくれ！」

『は、はあ……そうおっしゃるのでしたら……』

脳内アナウンスの声が消えたかと思うと、俺を避けていた海が、何だか遠慮がちに少しずつ近寄ってきて、ついに俺は海へと入ることができた。

「やった……やったぜ……俺、海に入れてる……！」

「いや、マジで何言ってんだ？」

「俺も分かってない！」

アルの冷静なツッコミに、そう答えるしかなかった。

「まあいいや！　それじゃあ早速泳ぐぜ！」

気を取り直して、俺は海に浮かび、そのまま泳ぎ出そうとすると――――。

「……」

『……』

俺はいつの間にか仰向けにさせられ、何の抵抗もなく浮かんだまま、勝手に海の上を移動していた。

しかも、俺の望んだ方向に勝手に運んでくれるのだ。俺には何の労力もかかっていない。

そんな姿を、サリアたちは無言で見つめる。

…………。

「――――これは泳ぐとは言わねぇ……！」

『そ、そんな⁉』

「何に驚いてるんだよ⁉」

どこをどう見ても浮かんでるだけですが⁉　見る人によっては水死体に見えるよ⁉

思わずツッコミながら起き上がると、再び脳内アナウンスが聞こえてきた。

『で、ですが、誠一様にご負担をかけるなど……』

「泳ぐんだから負担も何もないでしょ⁉」

どこの世界に海に接待されながら移動する人間がいるんだよ！

しかも、これは浮かんでいた俺にしか分からないことだが、俺を浮かばせていた海が、器用に水流を操作して、ウォーターベッドみたいに俺の全身をマッサージしながら心地よい速度で運んでくれるのだ。これはこれでいいなって思っちまったじゃねぇか！

　でも、俺がしたいのは水泳であって、水死体もどきじゃないですから！

　俺は心の底から脳内アナウンスに訴えかける。

「どうせ補助してくれるなら、もっと普通にスキルとかの形で補助してよ！　せっかく海にいるんだし、その環境に適応するとか、そんな形で！　それならいいからさあ！」

『て、適応ですか？　全知全能の神すら塵芥《ちりあくた》である御身には必要ないかと愚考するのですが……』

　一体、誰の話をしてます？

　神すら塵芥って何⁉　それと、御身なんて呼ばれる身分じゃないですから！

『やはりその……環境適応、必要ですか？』

「え、そこ訊いちゃう⁉」

『なんせ、誠一様は適応するまでもなく、周りの環境が誠一様に合わせますので……』

「俺を人間でいさせて⁉」

『？　もちろん、誠一様は人間でございますよ？』

「俺の中の人間像との乖離《かいり》がすごい……！」

　どう考えても人間の話をしてねぇよ。それはもう、人間の形をしたナニカですよ。

俺はただ、普通に海を楽しみたいの！　だから、それに応じた能力が欲しいだけなんです！

それこそ【水泳】スキルみたいな感じの平和なスキルが！

『はあ、誠一様がそこまで仰られるのでしたら……』

すると、俺の訴えが通じたのか、どこか納得がいっていない様子でありながら、脳内アナウンスは答えた。


『スキル【水棲】を獲得しました』


泳いでねぇ！　棲んじゃったよ！

一文字違うだけでとんでもない差ですからね⁉

別に俺、水中で暮らす予定ないですから！

なんで普通に水泳スキルみたいなのくれないの⁉

どうみても人間からかけ離れてるよ⁉

怒涛のツッコミを続ける俺に、脳内アナウンスは何やら納得といった声を上げた。

『ああ！　なるほど、これは大変失礼いたしました。確かにそうですよね！』

「おお、やっと分かってくれたか……」

これで【水泳】スキルが手に入るのかな？

なくても泳げるが、補正があればまた違うだろうし。

「どうしてだよおおおおおおおおおおおおおおおおお⁉」

『スキル【水棲（酸素不要）】を獲得しました』

より人間からかけ離れてるじゃねぇか！　さっきより酷《ひど》いからね⁉

これ、水の中で空気すら必要ないってことでしょ⁉　魚ですら息してるのに！

脳内アナウンスというか、俺の体はどこに向かいたいの⁉

『？　何か不都合がございましたか？』

「不都合しかありませんけど⁉」

『しかし……これならば【人間】である誠一様に相応しいと思ったのですが……』

「それは俺の知ってる『人間』じゃねぇ……！」

少なくとも呼吸無しで水中ですごせる人間を俺は知りません。

『まあいいではありませんか。このスキルがあれば、誠一様も海を存分に楽しめるでしょう』

「は⁉　いや、ちょっと⁉　せめて【水泳】スキルに――」

『では、よい休日を！』

「待てやあああああああああああああああああ！」

戻って来い！　お願いだから！　帰ってきてええええええええええ！

どれだけ叫んでも、脳内アナウンスは返事をしない。

打ちひしがれる俺に、サリアたちが近づいてきた。

「どうしたの？　誠一」

「お前、どこに行っても騒がしいな……」

「ちょ、ちょっとね……世界に忖度《そんたく》されすぎて、水中で暮らせるようになっちゃったんだ……」

「この短い間に何が起きてんだよ⁉」

アル、それは俺が訊きたい。

だが、訊くべき相手である脳内アナウンスの反応はなく、もう受け入れるしかないのだ。

「チクショウ！　こうなりゃヤケだ！　思う存分泳いでやるぜええええええええ！」

「おー！」

「よ、よく分かんねぇけど……まあいいや、そんだけやる気なら、一緒に泳ごうぜ！」

アルに誘われるまま、俺はサリアとアルの三人で海を泳ぐ。

元々【果てなき悲愛の森】の川で魚を捕まえていたサリアは、泳ぐのも上手で、スイスイ海の中を泳いでいく。

アルも海の方面にはほとんど来たことがない上に、俺たちと出会うまでは外に出かけることがまず少なかったこともあり、泳ぐ機会もなかったというが、それでも何の心配もないほど綺麗に泳いでいる。

そして当の俺はと言えば……。

「……誠一」

「はい？」

「それは泳ぐとは言わねぇよッ！」

「ですよねー」

俺は、海中を突っ走っていた。

意味が分からないかもしれないが、安心してほしい。

俺も意味が分からない。

ただ、水中を泳ぐわけではなく、地上で動くのと何ら変わらぬように、俺は自由自在に動けるのだ。

その結果、地上を走るのと同じように、水中を駆けることに成功する。

しかも、海底に足をつかず、水流の勢いだけで足場ができるので、文字通り水中を走っているのだ。

普通に泳ぐこともできるが、この方が見るからに移動速度が速いのである。

「おお、すごいね、誠一！　じゃあ私もやってみるー！」

「へ？」

　すると、俺の動きを見ていたサリアは、突然ゴリアの姿になったかと思うと、水中――ではなく、海面を全力疾走し始めた。

「デキタ」

「怖ぇぇぇぇぇぇぇぇぇぇぇぇぇぇぇぇぇぇぇぇぇぇぇぇぇぇ！」

　海面を全力疾走するゴリラとか恐怖でしかねぇ！　しかも姿勢が超綺麗だし！　どこの陸上選手ですか⁉

　俺と同じくその光景を見ていたアルが、ぼそりと呟いた。

「……この中じゃ、オレが一番普通だな」

「いや、俺だって――――」

「それはねぇ」

　そんな食い気味に否定しなくても……ちょっと普通に憧れただけなんです……。

「でも、いざ普通って考えると……浮かばねぇもんだな」

「いや、普通を考えてる時点で普通じゃねぇからな？」

「そうなの⁉」

　いや、言われてみれば、アルの言う通りですね！

　そんな風に考えていると、アルがふと気になった様子で口を開く。

「そういえば、これでいいのかよ？」

「え？」

「もとはと言えば、誠一が休みたいって言うんで海に来たわけだろ？　だから、その……ちゃんと楽しめてるか？」

そうだ、アルの言う通りだ。

俺はこの場所に休暇で来ているんだ。

だが、いざ来てみれば俺の体に振り回され、まともに泳ぐことすらできない始末。

これは非常にまずいですね！

「うーん……とはいえ、海で遊ぶことって言ってもなぁ……」

地球ならビーチバレーだのスイカ割りだの、色々と遊ぶ手段はある。

だが、この異世界だとそう言った道具もないので、遊びは限られてしまった。

「そらっ！」

「うわぷ⁉」

ついうんうんと唸っていると、不意に俺の顔に水がかかった！

「あ、アル⁉」

「おら、せっかくの休暇なんだぜ？　もっと気楽に遊べよ！　ほらっ！」

「あ、ちょっ……やったな？　そりゃっ！」

「わっ！」

アルに水をかけられたことで、俺も仕返しで水をアルにかけ返した。

すると、アルはそれだけで楽しそうに笑い、再び俺に水をかけてくる。

……ああ、そうか。遊ぶってこんなんでもいいんだよな。

つい複雑に考えてしまっていた俺は、アルのおかげで純粋に楽しめていることに気付き、笑った。

「アル、ありがとうな」

「な、何だよ……ああ、クソ！　これでも食らえ！」

「ぶへら⁉」

さっきより多い水をかけられた俺は、仕返しをしようとアルを追いかけた。

「あー！　それ、私もやりたーい！」

すると、そんな俺たちの様子を見ていたサリアが声を上げ、こっちにやって来る。

そして――――。

「エーイ」

「何故ゴリアに――――ぶほあああああああ⁉」

「せ、誠一いいいいいいい！」

ゴリラバージョンのサリアによって、水を超勢いよくかけられた俺は、そのまま海の藻屑《もくず》のように漂うのだった。

そんな感じで俺とサリア、アルで海を満喫していると、砂浜の方から声が聞こえた。

「……誠一お兄ちゃんー」

「ん？　オリガちゃん……って何だ⁉」

声の方に視線を向けると、そこには超立派なお城が出来上がっていた。

「あ、あれ、いつの間に……？」

「さあ……ただ、オリガとゾーラが砂浜で一緒に遊んでたのは見えたから、二人で作ったんだろう」

「大きいね！」

サリアの言う通り、オリガちゃんの近くにある砂のお城は、俺たちの背とそう高さが変わらない。

近くでお城を見るために、オリガちゃんたちのもとに向かうと、オリガちゃんは胸を張った。

「……ん、頑張った」

「すごいじゃん！」

「……むふー。でも、私だけの力じゃない。ゾーラお姉ちゃんのおかげ」

「へ？」

まさか話を振られると思ってなかったのか、ゾーラは驚きの声を上げる。

「……このお城、ゾーラお姉ちゃんの能力で固めてあるから、頑丈なの」

「へえ！　なるほどなぁ」

思わず感心してゾーラに視線を向けると、ゾーラは恥ずかしそうに視線を逸らした。

「そ、その……最近、何故か調子が良くて……以前は私の意思に関係なく、無差別に周囲を石に換えてました。ですが、今では私の意思で自由に制御できるようになってきたんです。それに、石化させる強度も操れるようになりました」

まさかそんな成長をしているとは思わず、俺たちは驚く。

「ゾーラちゃん、やったね！」

「ああ、スゲーじゃねぇか。悩んでた力に振り回されねぇってことがどれだけ幸せかは、オレにはよく分かるからよ」

アルの言葉にゾーラは嬉しそうに笑った。

「それじゃあ、ゾーラの眼鏡もお役御免か？」

元々ゾーラの能力を抑えるために作った眼鏡だが、もう制御できるなら不要だしな。

そう思って聞いたのだが、ゾーラは静かに首を振る。

「いえ、これは……誠一さんが私のために作ってくれたものですから。これがあったから、私は怖がることなく人を見ることも、そして外の世界を見ることもできたんです。だから、これだけは、私の宝物なんです」

「そ、そうか」

「はい！」

まっすぐな笑みを向けられ、俺はつい照れてしまう。

俺としては、ゾーラの悩みが少しでも取り除けたらと思って勝手に行動しただけなので、ここまで感謝されて、しかも、眼鏡を宝物だとまで言われると、とても恥ずかしかった。

それに、ゾーラが俺たちに感謝をするように、俺も皆に感謝しかない。

俺は今まで海にあまりいい思い出がなかった。いや、海どころか水関連はどれもいじめられていた記憶だけだ。

でも、サリアたちのおかげで、俺の中の記憶は楽しいものに上書きされた。本当に、皆には助けられてるんだよな……。

気恥ずかしさから話題を何とか変えようと考えていると、俺はふとあることに気付く。

「そういえば、ルルネは？」

「あれー？　確かにいないねー？」

皆ルルネの行方を知らないようで、周囲を見渡していると……。

「────主様ー！」

「え？」

海の方からルルネの声が聞こえたので、声の方に視線を向けると────。

「捕ってきましたよー！」

「何を捕って来たの⁉」

なんと、ルルネはゴリアが海面を走っていたように、海面を爆走しながらこちらに向かってきていた。

しかも、頭上には何やら禍々《まがまが》しい生物を掲げている。

とんでもなく巨大で、その姿はタコやイカといった、軟体生物のような見た目をしており、体中から触手が伸びている。

あまりにも予想外な生物に、俺たちは全員呆気にとられる中、俺はその謎の生物に『上級鑑定』を発動させた。

【邪神Ｌｖ：－－－－】

「何持って来てんだああああああああああああ！」

邪神って！　邪神って……！

どこから捕ってきた⁉　いや、何でいたの⁉

どう見ても昨日倒した真・バハムートよりヤバいヤツじゃん！　だってレベルがねぇし！

むしろ分類的には魔神教団の最終目標と同じ格じゃない⁉　ウソでしょ⁉

見るからに正気度が下がりそうな見た目ですが、大丈夫なんですかねぇ⁉

「オレの目がおかしいんじゃなけりゃあ、あれは見るからにヤベェヤツだと思うんだが……」

「……アルトリアお姉ちゃん、大丈夫。私が見てもヤバいと思う」

「そ、そうですね……何だか、恐ろしい見た目です……」

「ウネウネしてるね――」

サリア。貴女、本当に肝が据わってますね！　どう見ても世界の終末が訪れそうな姿なんですが！

すると、俺の『全言語理解』のスキルが発動し、目の前の邪神の言葉が俺の頭に聞こえてきた。

『……シテ……コ……ロシテ……ロバ……マケ……ロバ……コワイ……コロシテ……』

ルルネさん、何やったんですか？

邪神が見る影もなく恐怖で震えてますよ？

唖然とルルネが持ってきたモノを見つめる……というか、見上げていると、ルルネは溢れんばかりの笑みを浮かべた。

「どうですか、主様！　美味しそうじゃないですか⁉」

「すまん、これを美味そうだと言える感性が俺にはねぇ！　そもそもなんで持ってきた⁉」

俺の当然ともいえる問いかけに対し、ルルネは申し訳なさそうな表情を浮かべた。

「その……昨日は、主様に大変迷惑をかけましたので……それで、お詫びといいますか……私が捕ってきたモノを、主様だけでなく、他の皆様にも食べてもらおうかなと……」

「ルルネ……」

まさか、ルルネの口から食べ物を譲るような言葉が出てきたことに、俺たちは驚いた。よほど昨夜の晩飯抜きが効いたのだろう。いや、効きすぎだとも思うけど。

とにかく、ルルネは昨日の反省の意味も込めて、この邪神を持ってきたようだ。

俺たちに食べてもらうために。

「ルルネ、お前……」

「主様……」

「すまん、これは食えん……！」

「そ、そんなああああ!?」

いや、ルルネの気持ちは嬉しいが、どこの世界に邪神を食べる人間がいるんですかね!?

見た目はタコに見えなくも……いや、やっぱり無理です！

俺の言葉にサリアたちも頷くと、ルルネも俺らが食べないことを察したようで、肩を落とした。

「そ、そうですか……無理に食べさせるわけにもいかないですもんね……分かりました。私が責任をもって食べますね……」

「へ？」

まさかの発言に目が点になっていると、ルルネは口を開き、邪神に齧《かじ》り付いた！

『ギャアアア……イタイ……イタイイィイイィ……ロバ……コワイ……タ……タスケテエエエエエ』

「もぐもぐ……やはり……私の予想通り……生でもイケますね……海の塩加減が……なんとも……」

「「「……」」」

どんどんルルネの腹の中に収まっていく邪神。

その際、邪神の断末魔が俺には聞こえていたが……何も聞こえない。俺には何も聞こえないもんね！

そしてついに、最後の触手がルルネの口の中に収まると、ルルネは笑顔で腹を撫でた。

「やはり、私の見込み通り美味しかったです！」

「そ、そうか。それは……よかった、な？」

「はい！」

とりあえず、ルルネが少し成長（？）したことと、この街というか、世界の危機から脱却したことを、俺は素直に喜ぶのだった。

誠一たちが港町サザーンで楽しんでいるころ、ウィンブルグ王国の国王、ランゼは仕事に追われていた。

「――――こっちの領地の報告書、税金の徴収額がおかしいぞ。去年あそこは不作で税収が少なかったのは知ってるが、今年はそんな噂も情報も入ってねぇ。もう一度提出させるか、調べろ」

「ハッ！」

ランゼの指示を受けた兵士は書類を受け取り、退出する。

その兵士に視線を向けることなく次の書類仕事に取り掛かるが、長時間書類に書かれている文字を見たことで、ランゼの目に疲労の色が現れた。

「クッ……最近目が疲れて困るぜ……誠一のおかげで寿命が延びた上に、健康そのものになったとはいえ、あんまり根詰めるとそのうち体壊しそうだな……」

思わず自身の机の上に積み上げられた書類を見て、そうぼやく。

すると、再びランゼの部屋の扉がノックされた。

「入れ」

「ハッ！　失礼いたします！」

「お前は確か……国境付近の巡回を担当してる兵士の一人だよな？」

「ハッ！　陛下《へいか》に顔を覚えていただき、大変光栄です！」

兵士の言う通り、ランゼは兵士一人一人の顔と所属のすべてを把握《はあく》していた。

そのため、こうして部屋にやって来た兵士の所属もすぐに分かったのだが、同時に首を傾げる。

「それで、どうした？　わざわざここに来たってことは……国境付近で何かあったか？」

「ハッ。実は……」

兵士からの報告を聞いたランゼは、疑問の表情を浮かべた。

「んん？　最近、国境付近でカイゼル帝国の動きが見えるだと？」

「は！　どうやら、誰かを探しているようですが……」

「……理由は分からねぇが、どのみちあの国からウチまでの距離はかなりあるし、何より国境も接しちゃいねぇ。なのにそこの兵士がいるってことは……確実に面倒ごとの臭いがすんなぁ……」

面倒くさそうにそう告げるランゼは、椅子の背もたれに体を預けた。

「それに……あまりあの近くで活動してほしくはないのだがな。『山』が起きても困る。一体、何が目的なんだ……？」

「いかがいたしましょう？」

「……そうだな。お前さんの言う通り何かを探してるんだとしたら、それはカイゼル帝国にとって重要なものなのかもしれん。ルイエスを呼んでくれ」

「ハッ！」

兵はそのまま一度下がると、ルイエスを伴って、再びやって来た。

「陛下、ルイエス様をお連れしました！」

「ご苦労だった。下がってくれ」

「ハッ！」

兵士はそのまま下がると、残されたルイエスがランゼに近づく。

「陛下。お呼びとのことでしたが、どうしましたか？」

「実はな、『山』の方の国境付近でカイゼル帝国の兵の姿が見えるみたいでな。どうやら何かを、または誰かを探しているようなんだが、その様子をお前に見てきてもらいたいんだ」

「はあ……しかし、私は隠密行動にたけているわけではないのですが……」

「そこは心配しなくてもいい。そもそも、国境内に入られても困るし、何より『山』が起きると面倒だ。もし邪魔をしてくるようなら攻撃してもいい。だから、お前は【剣聖の戦乙女《ワルキューレ》】を連れて、そのカイゼル帝国が探していそうなものを見つけ出してくれ」

「御意」

ルイエスは頭を下げると、そのまま退出する。

その姿を眺めながら、ランゼはため息を吐いた。

「ったく、あの国はろくなことをしねぇからなぁ……早くのんびりと風呂に入りたいもんだぜ」

もう一度ため息を吐いたランゼは、気合を入れなおすと次の仕事へと取り掛かるのだった。

漂流者

「さて、そろそろ宿に戻るか？」

海で思う存分遊んだ俺は、皆にそう提案した。

「そうだねー。今日はたくさん遊んだし、疲れちゃった！」

「まあな。普段の戦闘じゃ、あまり動かさねぇような体の部分も動かしたし、下手すりゃ明日筋肉痛かねぇ？」

「それじゃあ、宿に帰ったらアルの体をマッサージしてあげようか？」

「え？　サリア、そんなことできんのか？」

「うん！　任せて！」

アルに対して、サリアは自分の胸を叩いた。

最近のサリアが何かをすることは少なくなったが、やっぱりとんでもないスペックだよな。

家事とか何もかも完璧《かんぺき》にこなすし。

しかも、これが人間に変化する前のゴリラでそれなんだからもっと驚きだよね。

サリアのスペックの高さに驚いていると、オリガちゃんが不意に俺のズボンのすそを引っ張った。

「……誠一お兄ちゃん」

「ん？　どうかした？」

「……何か落ちてる」

「へ？」

オリガちゃんが指さす方に視線を向けると、そこには確かに何かが打ち上げられた様子で転がっていた。

ここからじゃよく見えないが、何だろう？

「一応、確認しておくか。もし人だったら困るもんな」

とはいうが、人が流れ着くなんてこと――。

「人だあああああああああああああああ!?」

砂浜に打ち上げられていたのは、一人の……男性？　女性？　何て言うか、中性的な人物だった。

しかし、それ以上に目を惹《ひ》くのは、その人物が身に着けている服である。

なんと、その人物が着ているのは……袴に羽織といった、まんま日本の時代劇から飛び出してきたような格好をしていたのだ。なんせ、腰には刀っぽい物もあるし。

っていうか……！

「どどどどうしよう!?　これ、人だよね!?　人だよねぇ!?」

「落ち着けバカ！　まずは意識の確認だろ？　それに、お前なら回復魔法でもかけながら確認できるだろうが！」

「ハッ⁉　確かに⁉」

つい水死体が打ち上っているのかと狼狽《うろた》えてしまったが、すぐに気を取り直し、俺は回復魔法の中でも一番効果の高い、光属性最上級魔法『聖母の癒し』を発動させた。

そのまま光は目の前に倒れている人の体に吸い込まれる。

すると、倒れている人物に変化が訪れた。

「ぅ……」

「生きてる！」

「だな。今の誠一の魔法で怪我はねぇだろうが、見るからに衰弱してるし……一度、オレたちの宿に連れ帰った方がいいだろう。そこなら目を覚ました後も手当てができる」

「分かった」

俺は倒れてる人物を抱きかかえると、急いで宿まで戻るのだった。

◆◆◆

宿に無事到着した俺たちだったが、宿に着いた直後、俺が運んでいた人物が目を覚ました。

「ん……？　こ、ここ……は……」

「あ……大丈夫ですか？」

「ッ⁉」

俺が声をかけた瞬間、抱えていた人は勢いよく腰に差した刀に手を伸ばし、抜刀した。

「ハアッ！」

「誠一⁉」

突然の攻撃にアルが声を上げるが……。

「なっ⁉」

なんと、刀は俺に触れる前に、どうなっているのか分からないくらいグニャグニャに折れ曲がり、一種の現代芸術の彫刻みたいになっていた。

その刀を見て、抜刀した人物は目を見開き、アルは呆れた様子でため息を吐いた。

「……いや、意味が分からねぇよな。何をどうすれば武器がそんな形になるんだよ」

「さあ？」

「なんでお前が分からねぇんだよ」

ごめんなさい、そう言われても分からんのです。

バーバドル魔法学園から立ち去る前に、カイゼル帝国の兵隊さんと戦ったときも、こんな感じで武器や防具がどんどん壊れたり、折れたりしたんだよな。

もっと酷いと、自傷したり、何か勝手に体が壊れたり……。

だが信じてほしい。断じて俺から何かをしたわけではないと……！

そんなことを思っていると、刀を抜いた人物は俺の腕から抜け出し、警戒した様子を見せる。

「貴様ら……何者だ⁉」

「いや、それはこっちのセリフというか……」

「ッ⁉ な、なんだ、その格好は！ 破廉恥な！」

警戒しまくる袴姿の人物に困惑していると、今の俺たちの格好に気付き、顔を赤くして俺を指さした。

「何って……水着ですが……？」

「みずぎ……？ 何を訳の分からぬことを！ 上半身裸でうろつくヤツがあるか！ そこの女《お》子《なご》も、な、何て格好をしている⁉ けしからん、けしからんぞ！」

よく分からんが、どうやら目の前の人物にとって、水着は初めて見るものらしい。

確かに、見た目だけで言えば下着っぽいもんな。まあ言われてみなきゃあまり実感ないけど。

そんなことはどうでもいいが、いい加減話を進めよう。

「それより、落ち着いて話を聞いてもらえませんか？ 俺たちはただ、アナタが浜辺で倒れてたから運んで来ただけなんです」

「倒れていた……？ いや、待て。拙者は……⁉」

急に黙ったかと思えば、目の前の人物の顔はみるみる青ざめていき、唐突《とうとつ》に走り出そうとした。

「ムウ様……！　くっ⁉」

「おっと……」

「なあ⁉」

だが、傷は魔法で癒せたとはいえ、体力が回復したわけではなく、倒れそうになったところをすんでのところで抱き留めることができた。

「は、離れろ、無礼者！　貴様……守神《もりがみ》ヤイバと知っての狼藉《ろうぜき》か！」

「すみません、存じ上げないですね……」

「何だと⁉」

俺の言葉に袴姿の人物……守神さんは目を見開いた。すみません、本当に知らないんです。

一応、俺だけが知らないのかもしれないと思い、皆にも訊いてみた。

「知ってるか？」

「知らない！」

「オレも知らねぇな」

「……知らない」

「わ、私も……」

「興味ないです！」

約一名は分かり切った答えだったが、とにかく、ここにいる誰も守神さんのことを知らなかった。

しかし、それは守神さんにとってはかなり衝撃的だったようで、膝から崩れ落ちた。

「せ、拙者を知らぬだと……？ 大和《やまと》にその者ありと恐れられた、この拙者が……？」

「ちなみに、その大和？ ってのも存じ上げないです……」

「……」

俺の言葉がトドメだったのか、守神さんはしばらく沈黙してしまった。

その様子を心配しながら見守っていると、やがて守神さんは口を開く。

「……一つ、訊《たず》ねたい。ここは、どこだ？」

「ここですか？ ここはウィンブルグ王国の港町、サザーンのウミネコ亭って宿屋ですね」

「ウィンブルグ王国……外《と》つ国《くに》だと……!? ど、どうして……」

「あの……？」

「……すまない、取り乱した」

すると、守神さんは混乱が落ち着いたのか、冷静な様子で立ち上がり、頭を下げた。

「……どうやら拙者を助けてくれたようだな。勘違いとはいえ、恩人に刀を向けてしまい、申し訳ない」

「い、いいえ。いきなり見知らぬ人がいれば、警戒するでしょうし……それに、俺のせい？ なのかは分かりませんが、刀もそんな風にしてしまって……」

「あ……」

守神さんは俺の言葉で思い出したのか、自身の手の中にある刀を見つめた。

そんな守神さんの姿に、アルが俺の脇を小突いてきた。

「……おい、誠一。どうにかできねぇのかよ」

「ええ!? どうにかって言われても……俺にも分からないのに……」

「いや、どうみてもあの刀？ って武器、お前に攻撃するのを嫌がったように見えたぞ？」

「刀が嫌がる!?」

何だ、武器が嫌がるって。

……いや、今さらだな。海に避けられた男だし。

となると、本当に俺を攻撃しないために自らあんな姿に？

じゃ、じゃあ……許したら元に戻るんだろうか？

「えっと……もう戻っていいよ？」

そう一言、声をかけた瞬間だった。

あれだけ複雑に折れ曲がっていた刀は一瞬にして元の姿に戻ったのだ。

「なっ!?」

「え、マジかよ」

「……オレも本当に戻るとは思わなかったぜ」

「おい！」

アルができるかって聞いたのに、その反応はないよね！

再び呆然と刀を見つめていた守神さんは、その場で何度か刀を振るう。

その太刀筋はとても綺麗で、素人目からみても守神さんが強いことは分かった。

ある程度刀を振ると、確認が終わったのか鞘へと納め、再び頭を下げる。

「かたじけない。元はと言えば、拙者の早とちりによる結果だったのだが……武器まで戻してもらって」

「そんな……俺も元通りにできてよかったです」

「……名を名乗っておりませんでしたな。拙者は守神ヤイバと申す。代々大和家に仕える守神家の十八代目でござる」

すごい、ござるって言った！

ついそんな言葉づかいに感動してしまう俺だったが、守神さんを見れば見るほど時代劇から飛び出してきたような人物だなと感じた。

一つに結わえられた藍色の髪に切れ長の目。

いかにも武士といった出で立ちだ。

何て言うか、新選組にいそう。イケメンだし。いや、顔は関係ないのか……？

口調は侍に憧れる海外の人って感じがするけど、とても似合っている。

守神さんが名乗ったことで俺たちも軽く自己紹介を済ませたが、守神さんは申し訳なさそうな表情を浮かべる。

「本当ならば、貴君らに恩返しをしたいところであるが、拙者は戻らねばならぬ。故に、貴君らへの礼はまた改めさせてもらいたい」

「それはいいんですが……大丈夫ですか？」

「何、こう見えても腕に自信はある。……あのときは不覚を取ったが、もう、大丈夫だ」

どこか遠くを睨みつける守神さん。

何があったのかはよく分からんが、俺たちが踏み入れる話題でもなさそうだ。

「えっと……戻ると言ってましたが、場所は分かるんですか？」

俺がそう訊くと、守神さんは眉《まゆ》をひそめ、困り果てた表情となった。

「それが……まさか外つ国に来てしまうとは思っていなかったのでござる。ただ一つ分かっているのは、拙者の国は海で渡った先にあるということだけ……」

「海？　国の名前は？」

何かに気付いた様子でアルがそう訊くと、守神さんは首を振った。

「拙者らの国に名はござらぬ。というのも、小さな領土を未だに奪い合っているような状態である故……そういえば、一度だけ外つ国から拙者らの国がどう呼ばれているのか聞いたことがあるでござる。確か……東の国、でござったな」

「！」

「なるほどな」

アルは守神さんの言葉にため息を吐いた。

それよりも、東の国って……度々名前だけは聞いていたが、実態が分からなかった謎の国だ。

確かに守神さんの格好や名前の雰囲気から、そうなのかな？　って予想はしてたけど、ちゃんと言われるとね。

「というわけで、申し訳ござらんが、拙者はすぐにでもここを発たねばならぬ。国に、拙者が仕える御方が待っておられるのだ」

「そうですか……」

「どうも事情がありそうだし、ここは無理に引き留めても仕方ねぇよ。オレらもここは初めての土地だし、できることもねぇ」

アルの言う通り、俺たちもここサザーンには観光で来ているので、手伝えることは少なかった。

すると、サリアが手を挙げる。

「はい！　それなら、ギルドで船のことを聞いたら？」

「え？」

「守神さんは海の向こうから来たんだよね？　なら、お船がないと帰れないと思うの！」

「まあな」

「私たちが手伝えるとしたら、その船がどこにあるかを聞いてあげることじゃない？」

サリアの言う通り、それくらいなら俺たちにもできそうだ。

幸い、俺たちの方が先にこの地に来ていたので、土地も多少は分かっているし、ギルド支部の位置に関しては完璧だ。

「ということで、ぜひ俺たちも船までの案内くらいは手伝わせてもらいたいんですが……」

「そ、そんな！　拙者は助けていただいただけでもありがたいというのに……そこまでしてもらうわけには……」

「まあまあ。急いで帰らなきゃいけないのなら、ここは大人しくオレたちと一緒に行きましょう」

アルの一言に思うことがあったようで、守神さんは逡巡した様子から頷いた。

「……かたじけない。ぜひとも頼み申す」

――こうしてまだ本調子に戻っていない守神さんを気遣いながら、俺たちはサザーンのギルド支部へと移動するのだった。

海に出る方法

守神さんが東の国に戻れるよう、船のことを聞くためにサザーンのギルド支部を訪れた俺たち。

俺たちの依頼達成の手続きをしてくれた受付の人がいたので、その人に話を聞きに向かったのだが……。

「あの……残念ながら、現在、東の国までの船は出航しておりません」

「そんな⁉　どうしてでござるか⁉」

「大昔には交流がございましたが、現在東の国とここ、ウィンブルグ王国の間に交易のようなものはありません。それに東の国では他国との取引も現在はしていないとも伺ってます」

「それは……」

どうやら受付の人の言葉は本当のようで、守神さんはつい口を噤《つぐ》んでしまう。

よく分からんが、どうやら東の国は鎖国のような状態らしい。そんなところまで昔の日本と似てなくてもいいのに……いや、この世界独自の文化かもしれないし、一概に日本と同じにするのもどうかとは思うが。

「よって、東の国へ向かう船というものがそもそもないのです。さらに言いますと、大雑把な位置は把握できているのですが、安全な航路も見つかってません。そんな場所に船を出すことはできないのです」

「……」

「……それと、今お伝えしたものも大きな理由ではあるのですが、それ以上に今は海へ漁に出るのも慎重になっているのです」

「え？」

「カイゼル帝国の船が、広い海を次々と占領するように、定期的に船を出しては巡航しているのです。残念なことに、ウィンブルグ王国は特殊な地形の関係で、造船技術や海上戦力に少々不安があるため、間違いなく海戦になれば不利になるでしょう。幸いその特殊な地形に助けられ、カイゼル帝国の船がこの近海まではやってこないので、街への影響は大きくないのですが……それでも遠方までの漁が不可能であるため、獲れなくなった魚介類も多く存在します」

「くっ……」

受付の人の言葉に守神さんは悔しそうな表情を浮かべる。

ていうか、カイゼル帝国は悉く悪いことしかしねぇな。今の現状が本当にカイゼル帝国の国民にとっていいことであるなら、カイゼル帝国民から見るといいことしてるのかもしれないけど、それも怪しい。

結局、守神さんが国に帰る手段がないことが分かり、俺たちは気落ちしながらギルドを出ていくのだった。

◆◆◆

「拙者はどうすれば……」

ギルドを出てからも、守神さんは目に見えて落ち込んでおり、俺たちもなんて声をかければいいのか分からない。

そんな中、守神さんはフラフラとした足取りで自然と海へと向かい、呆然と海を見つめた。

「……拙者は、何としても帰らねばならぬ。しかし、その手段がないなど……ムウ様の懐刀と呼ばれ、【天刃】と恐れられていながらなんと無力な……！」

「守神さん……」

「その、こんなこと聞いていいのか分からねぇが、急いで帰らなきゃヤベェのか？」

アルが困った表情を浮かべながらそう訊くと、守神さんは頷く。

「ああ……この国に流れ着く前に、拙者は狼藉者どもと戦っていたのでござる」

「狼藉者？」

「……拙者の主であられる、大和ムウ様を狙った連中だ。襲撃してきた者どもからムウ様を護りつつ逃げていたはいいものの、多勢に無勢。このままではムウ様が危険だと……拙者一人が囮となり、襲撃者どもを相手にしたでござる。しかし、予想以上に襲撃者どもは手練《てだ》れであり、拙者は追い詰められ、最後は海へと落ちたのでござるよ」

何となく、サスペンスとかでよく見る、海に向かう崖に追い詰められた守神さんの姿が頭に浮かんだ。

「そこからは誠一殿たちも知っての通り……気を失った状態でこの国に流れ着いたのでござるよ」

そう力なく笑う守神さん。

予想以上に話が重かった……！

正直、守神さんのことは全然知らないので、仕えてる人とか、なんでそんな状況になったのかも分からない。

だからって、俺と同い年くらいの人が命がけで主君を護ろうとするとか……いや、この世界で考えれば今さらか。

「ちなみにだが、その襲ってきた相手ってのは予想がついてるのか？　正直、そんな手練れを相手にしたってんなら、帰ったところで同じ結果だと思うが……」

アルがそう訊くと、守神さんは悔しそうに表情を歪める。

「……黒幕だと思う相手が多すぎる。拙者の国では、王というものがいないのでござる。故に、常に国は乱れ、天下をめぐって争いが続いているのでござるよ。そして、拙者の仕える大和家は、とある事情により、小さいながらも大きな力を持っているでござる。そのことに危機感を抱いた連中が、ムウ様を襲ったのだと思うのだが……」

何だ、その修羅の国は。

今のこの大陸？　も十分戦乱状態だけど、内乱は起こってない。俺が知らないだけかもしれないが……。

というより、このウィンブルグ王国にいると、そんなことを忘れてしまう。なんせ、ギルド本部の連中があまりにも濃いのでね！　この街もヤベェし！

そんなことを思っていると、守神さんの表情はさらに深刻になる。

「……だが、最近、妙な噂を耳にしたのでござる」

「妙な噂？」

「拙者の国の者ではない、不審な人物が出入りするようになったと……」

「んん？　それくらい、別におかしいことでもねぇんじゃねぇか？　いくら何でも外国とは多少の交易はするだろ？」

「それはないでござる。拙者の国の連中は揃いも揃ってプライドの塊でござる。故に、拙者の国が他国より優れていると考えていたり、従えることこそあれど、従うなど以《もっ》ての外《ほか》と考える家も多いでござる。何より、他国が絡めば、王になった時に色々面倒でござるからな」

「それはそうかもしれんが、いくら何でも……」

「外つ国の者には馴染みがないかもしれぬが、拙者の国は強者こそすべて。そして、例に漏れず、拙者の国で天下を狙う家は、自身こそが最強と信じて疑わぬような連中でござる。そんな連中は、外に助けを求めることはまずしないでござるよ」

俺たちには分からない価値観だが、予想以上に東の国は閉鎖的なようだ。むしろ、閉鎖的どころか隔絶してるともいえる。

日本でさえ、鎖国時代でも多少は交易があったというのに、それすらないなんてぶっ飛んでるな。だが、それができるということは、少なくとも自給自足が成り立っているのだろう。

「……色々語ったでござるが、結局は拙者はすぐに国には帰れぬ身。もはやどうすることも……」

悔しそうに海を見つめる守神さんを見て、俺たちはつい顔を見合わせた。

「どうするよ？」

「いや、どうするって言われても……」

アルの言葉に思わずそう答えると、サリアが手を挙げる。

「悩むくらいなら、助けたらいいんじゃない？」

「え？」

「だって、別に助けるのが嫌じゃないんでしょ？」

「そりゃ、まあ……」

サリアの言葉に俺たちは頷く。

「色々分からねぇことはあるが、助けるのが嫌だってワケじゃあねぇよな……」

「……ん。ただ、困惑してるだけ」

「で、できれば助けてあげたいです！」

ルルネは特に意見はないようで黙っているが、皆としては守神さんを助けてあげたいらしい。

助けると言っても、守神さんを東の国まで連れて行ってあげることだが……残念ながら、俺も含めて誰も東の国に行ったことはないので、転移魔法で送ってあげるということはできない。

「問題は、どうやって守神さんを送り届けるかだが……」

「え？」

「へ？」

サリアが不思議そうな声を上げるので、思わずサリアを見つめると、サリアは首を傾げた。

「誠一が連れていったら？」

「はい？」

サリアの言葉に俺だけでなく、アルたちも首を傾げた。

「いやいやいや、連れていきたいのはやまやまだけど、その手段が……」

「海に頼んだらいいんじゃない？」

「海に頼む⁉」

サリアの予想外の言葉に驚く。

「何を言ってるんだ、サリア。そんなことできるわけが――」

そこまで言いかけて、今日の海での出来事が次々と頭に浮かんだ。

「……できそうだなぁ」

「できるのかよ!?」

俺の呟きにアルがすかさずツッコんだ。

いや、普通に考えれば無理だと思うよ？　何なら何言ってるのかも分かんねぇし。

でも、俺を恐れ多いからとか意味の分からない理由で避けた海なら、俺の頼みを引き受けてくれそうだ。

俺は疑心暗鬼のまま海に近づくと、その様子を見て守神さんが首を傾げる。

「？　誠一殿、どうした――」

「海さん、俺たちを運んでくれる？」

「急にどうしたんでござるか!?」

俺の暴挙ともいえる行動に守神さんが声を上げると――。

『……』

海は、器用にサムズアップの形を作り上げるのだった。

到着、東の国！

俺たちは今、東の国に向かって猛スピードで進んでいた。

それも——海の上に座って。

「…………」

『…………』

誰がどう見ても訳の分からない状況に、アルが静かに口を開く。

「……なあ、誠一」

「……何？」

「お前何だ？」

「俺が訊きたいよおおおおおおお！」

アルの静かな問いに、俺はそう叫んだ。

俺が海に頼むとかいう訳の分からないチャレンジの結果、海は応えたのだ。応えてしまったのだ……！

その結果、俺たちは忍者もびっくりな海の上に座り、くつろいだ状態で東の国まで自動的に運ばれていくという状況に。

しかも、運ばれているのに揺れは一切なく、俺たちの進行上に現れる魔物は接敵する前に海が勝手に始末してくれるので何もしなくていいのだ。

それなのに、俺たち一人一人の全身に海がまとわりつき、全身マッサージをしてくれ、魚が急に俺たちの前に現れたかと思えば、海がウォーターカッターの要領で切り刻んで俺たちの前に刺身として提供してくれる始末。もちろん、刺身用の皿まで海が形を作ってくれている。

これ以上ないくらいの待遇っぷりに、全員ドン引きだ。……いや、サリアとルルネだけは平常運転だな。ルルネはともかく、サリアは本当に器がデカい。

でも、本当に俺が頼むだけで東の国まで連れて行ってくれるとは思わなかった。

可能性としては考えていなかったわけじゃないけど、さすがに木片とかいかだくらいは作った上で、その上に全員乗ることで海に運んでくれるかなくらいには考えていた。

それがまさか……何も用意せず、全員そのまま海の上に乗れちゃった上に超好待遇で運ばれるなんて誰も予想できないよね！

この何とも言えない状況の中、守神さんは呆然と呟いた。

「……外つ国にはとんでもない人間がいるのだなぁ」

「待て！　コイツとオレたちを一緒にするんじゃねぇ！」

「酷い⁉」

アルさん。そんな秒で否定しなくても……。

「同じ人間じゃないか！　仲良くしましょう！」

「どう考えても別種だろ⁉」

「別種扱い⁉」

アルの一言に、俺は精神的ダメージを受けた。

別種……違うもん……人間だもん……今はステータスが家出中だから確認できないけど、ちゃんと人間だもん……多分。

予想以上のダメージに打ちひしがれていると、ゾーラがふと声を上げた。

「あ、あれ！　島が見えてきましたよ！」

「え？」

ゾーラの指す方に視線を向けると、確かに陸が見えていた。

まだまだ距離があるので正確な大きさは分からないが、島というより小さな大陸といった印象を受ける。

まああの陸地にいくつかの大名？　みたいな人たちがいて、覇権を争ってるわけだし、そりゃあ小さい土地なわけはないか。日本だって地球儀とか世界地図で見れば小さいけど、実際は新幹線や飛行機使っても、端から端までは超時間がかかるわけだし。

そのまま陸地に向かって海が俺たちを運んでいると、徐々にその島の全貌が見えてきた。

どうやら俺たちが運ばれた場所には船なんかで接岸できるような場所はなく、岩礁がとにかかくたくさん見える。

それに、砂浜なんてものも見えず、目の前には大きな崖が聳《そび》え立っている。

「あの上に登らないと上陸できないのか？」

「いや、さすがにぐるっと回れば砂浜ぐらいはあるだろうけど……」

俺とアルで陸地に近づくまでの間にそんな会話をしていると、守神さんが何かに気づいた。

「ッ！　ムウ様⁉」

守神さんの焦った様子の声に釣られ、陸地をよく見ると、崖のところで何やら忍者装束《しょうぞく》の人の背に庇《かば》われた、豪華な着物を着ている女性の姿が目に飛び込んできた。

そんな二人に相対しているのが、守神さんみたいな着物姿の男性たちであり、全員抜刀した状態である。

どう見ても穏やかな雰囲気じゃないことは間違いないが……。

「す、すげぇ……ちょんまげだ……！」

「お前は何に感動してるんだ⁉」

いや、だって！　本物のちょんまげだよ⁉　カツラじゃなくて！

守神さんは普通に髪を結ってるだけだから、てっきりちょんまげ文化じゃないと思ってたのに……！

ついつい妙なところで感動していると、侍らしき男たちが動き始めた！

「いかん、このままでは……！　誠一殿！　拙者をどうか、あそこまで運んでください！」

「ええええ⁉　は、運ぶって言われても……」

そもそもまともに上がれそうな陸地もないんだし、自力で上陸するしかないんだが……。

そんな風に思っていると、不意に俺の脳内にアナウンスが語り掛けてきた。

『誠一様。どうかここは、我々にお任せください』

「え？　ま、任せるって……」

何だろう、すごく嫌な予感がする。

『それでは、行きますよ――――！』

「待て待て待て！　行きますよって……まさか……⁉」

『それッ！』

「「「「――――⁉」」」」

「ぎゃああああああ⁉　やっぱりいいいいいいいいいいいいいい⁉」

俺たちを運んでいた海が、突如《とつじょ》巨大な腕の形に姿を変えると、そのまま俺たちを手のひらに包むようにして持ち上げ、崖の上までぶん投げやがった！

「すごーい！　よく飛ぶねぇ！」

「……快適」

「そ、空を飛んでますよおお⁉」

「せ、誠一！　テメェ、非常識にもほどがあんだろう⁉」

「ご、ごめんなさいいいいいいいい！」

それぞれの反応をしながら崖の上まで吹っ飛んでいく俺たち。このままだと崖の上のポ○ョじゃなくて崖の上のグチャ☆になっちまう。

どんどん陸地に近づく俺たちを、崖の上でにらみ合いを続けていた人たちが気付き、何やら指を指して騒ぎ始めた。

「ムウ様あああああああ！」

そんな中、ただ一人だけこんな状況でもムウ様という人を護ることだけを考えていた守神さんが、空中で居合抜きの構えを取ると、まるでサリアの『空衝』のように空気を足場にし、すさまじい勢いで侍の男たちのもとに突っ込んでいく！

「はあああああぁッ！」

「守神さん⁉」

「誠一！　守神さんの心配より、オレたちもどうにかしねぇと、このままだと地面に激突だぞ！」

アルの言う通り、このまま放っておけば、地面とキッスすることになるだろう。

まあでも、正直俺たちのレベルならこのくらいの高さから落ちても何の問題もない気はする。

それどころか、俺に至ってはどこから落ちても無傷でいられそう。そもそも今の俺はダメージ受けることあるのか……？　精神的ダメージは別ですけども！

とはいえ、それを確かめる度胸はないし、俺はともかくサリアたちはどうかは分からない。

そんなわけで、俺はダメもとで海にしたように、陸地に声をかけてみた。

「あの！　陸さん、頼みます！」

「何言ってる⁉」

アルが驚きの声を上げた瞬間だった。

崖の一部が器用に変化し、海に頼んだときのようにサムズアップの形に変化したのだ。

そして、そのままサムズアップの手が開くと、俺たちを優しく受け止める。

しかも、どういう理屈か分からんが、受け止められた瞬間はポヨンと、まるで風船に抱き留められたかのように全く痛くないのだ。

そのまま岩の手に包まれた俺たちは、崖の上にそっと降ろされる。

すると、先に突撃していた守神さんが、侍の男たちを相手に大立ち回りをしていた。

「はああっ！」

「ば、バカな⁉　何故【天刃】がここに⁉」

「ヤツは死んだはずでは⁉」

どうやら侍の男たちにとっては守神さんの出現は予想外だったようで、とても混乱していた。

それはどうやら俺たちの近くにいる、オリガちゃんのように忍び装束を着た人物と豪華な着物を着た女性にも言えることで、二人とも呆然と守神さんを見つめていた。

しかし、守神さんがここに来る前に言っていたように、どうやら侍たちは中々手ごわいみたいで、徐々に守神さんは押されていた。

「誠一！　どうする？　守神さんを助ける？」

サリアが首を傾げながらそう言うが、ここで助ければ最後まで守神さんの問題にかかわることになるだろう。

……まあ今さらかもしれないが。

「おかしいな……休暇のために遠出したはずなのに……」

「諦めろ。誠一はどこに行っても騒ぎの中心なんだよ」

「嬉しくない！」

アルとそんなやり取りをしていると、今まで呆然と守神さんを見つめていた忍び装束の人と着物姿の女性が俺たちに気付いた。

「！　き、貴様らは……」

忍び装束の人の声は女性で、俺たちから着物姿の女性を庇うように警戒した様子を見せた。

ここに来て、こちらの二人にも警戒されてしまったので、迂闊《うかつ》に動けば攻撃されそうだなぁ
と、そんなことを考えていると、脳内アナウンスが再び声をかけてくる。

『誠一様。何を悩む必要があるんです？』

「え？」

『誠一様はただ、こうおっしゃればいいのです』

脳内アナウンスは自信満々な様子で続ける。

『いいですか？　私の言葉をそのまま復唱してください』

「へ？　あ、ああ」

よく分からんが、この状況をどうにかできるなら従っておくか。

アルたちは俺の様子が変わったことに気付き、黙って俺のことを見ている。

サリアたちはともかく、アルはまた俺が非常識というか、意味不明なことをすると思っているらしい。そんなに警戒しなくても！

さすがにこの状況でさっきみたいなぶっ飛んだことにはならないだろう。

『ではいきます――――』

俺はただ無心に、脳内アナウンスの言葉をそのまま口に出した。

「――――海さん、陸さん、やっておしまいなさい！」

『『はい！』』

……………。

……あれぇ？

俺が脳内アナウンスの声に従い、そのまま復唱した結果、俺たちの背後の海から水の柱が上がった。

さらに、崖からも次々と巨大な岩がまるで鎖のように繋がりながら現れると、侍衆目掛けて飛んでいく。

「な、何だ⁉　ぶふぉあ⁉」

「み、水が……ぶへえええええ！」

「岩の触手――――がへあ⁉」

海でできた触手と岩でできた触手により、次々と蹴散らされていく侍たち。

そんな侍たちを前に、俺やサリアたちどころか、忍者と和服の女性、そして守神さんも唖然とその光景を見つめていた。

そして気付けば、全員その場で倒され、気を失っている。

倒れた侍たちを無視して、彼らをなぎ倒した張本人（？）の岩の触手と海の触手が俺の両サイドに構えると、脳内アナウンスが声を上げた。

『ここにおわす方をどなたと心得る！　誠一様なるぞ！　頭が高い、控えおろう！』

待て待て待て！

唖然としててすっかりツッコミが遅れたが、どこの黄〇様⁉

そもそも脳内アナウンスの声は俺にしか聞こえねぇだろうがッ！

第一、頭が高いも控えるも何も、皆さん伸びてますからね⁉

慌てる俺はふとジトっとした視線に気付き、その方に顔を向けると、アルが何とも言えない表情で俺を見つめていた。

「……」

「無言はやめて！　何でもいいから、せめて何か言ってええええええええ！」

アルの視線に耐え切れず、俺はそう叫ぶしかないのだった。

腕試し

「かたじけない……またも、誠一殿たちに助けられてしまった……」

「いや、オレたちは何もしてないし、誠一が暴走しただけなんで……」

「否定できないよね！」

侍たちをひとまず全員気絶させた俺だったが、そこからは忍者さんや守神さんの行動は素早く、侍たちを次々と頑丈そうなロープで縛《しば》りあげてしまった。

そして、改めて守神さんが俺たちにそう頭を下げたのだが……アルたちが何もしてないんじゃなくて、する暇がなかったというのが正しい。俺もこうなるなんて予想できなかったんでね！

守神さんはここに来るまでの間にもある程度会話をしたことで、特別警戒されることはなかったが、忍者さんは違うようで、和服姿の女性を背に庇いつつ、俺たちに鋭い視線を向ける。

「守神殿。何故外の者を連れて来た！　今の状況が分かっておらぬのか⁉」

「もちろん、理解しているでござる。だが、拙者はここにいる誠一殿たちに助けてもらえなければ、今こうしてここに戻ってくることは不可能だったのでござるよ。それはつまり、エイヤ殿もムウ様も、今のように無事ではなかったはずでござる」

「それは……」

守神さんの言葉通り、中々厳しい状況だったことは間違いないようで、忍者の女性は悔し気な表情で口を噤んだ。

そんな様子を見ていると、守神さんはため息を吐きながら頭を下げた。

「はぁ……申し訳ござらん。ひとまず紹介させていただくが、こちらにおわす御方こそ、拙者が仕える主である大和ムウ様でござる。そして、そこの黒装束はムウ様に仕える忍者……いわゆる密偵と思っていただければ問題ないでござる。名は月影《つきかげ》エイヤでござるよ」

改めて紹介された二人を見るが、守神さんが仕えているという大和ムウ様は変わった女の子だった。

年齢は予想以上に幼く、だいたい12歳くらいだろうか。

服は十二単ほどではないにしろ、素人目に見ても豪華だと分かる素材の和服で、ここまで逃げてきたからか、少し汚れてしまっている。

長髪の真っ白い髪に、青い瞳《ひとみ》はどこか虚ろでぼーっとした印象を受ける。

何て言うか……お人形さんみたいだな。生気を感じられないというか、無機質というか……。

それに対して月影さんは、オリガちゃんのように全身黒の忍者装束を身に纏《まと》っており、頭もすっぽりと黒い頭巾で覆われていて、目元しか顔で分かる部分はない。

そのため、どんな顔なのかは分からないが、俺たちを警戒しているのだけは理解できた。

そりゃそうだよなぁ。

いきなり現れたかと思えば、海から水の柱が立ち上り、そのまま触手のように動いて侍たちを蹴散らしたのだ。

しかも、海だけでなく陸でも次々と岩が鎖のように繋がり、これまた触手のように動いて侍たちを吹き飛ばしたのである。

もうどうしようもないほど不審者だよね！　俺が月影さんの立場なら逃げてるよ！　意味が分からなさ過ぎて！

守神さんの紹介を受け、俺たちも軽く自己紹介を終えると、守神さんは真剣な表情を浮かべる。

「誠一殿たちには、とても助けられたでござる。おかげで、こうして再びムウ様のもとに戻ることができた……誠に、感謝申し上げる。ありがとう」

「そ、そんな……こちらとしても、お力になれたようでよかったです」

「……かたじけない。そして、ここまで拙者は助けられたからこそ、誠一殿たちはぜひともここから脱出してもらいたい。今この国は、外つ国の者にとっては非常に危険である故……」

「それはまあ、さっきの様子で何となく分かりますが……」

事件の全容は分からないが、少なくともあんな感じで刺客に襲われる事態が日常とか、危険すぎて観光もできないだろう。

ただ……。

「よければ、お話を聞かせてもらえませんか？」

俺は自然とそう口にしていた。

俺の言葉に、守神さんどころか月影さんも目を見開く。

「……いいのか？　誠一」

すると、黙って成り行きを見ていたアルが口を開いた。

「ここで話を聞けば、たぶん、もう後には引けねぇぞ？」

「それはもう、今さらでしょ。アルたちには迷惑をかけるけど……あんな風に襲われてる人がいるのに、見て見ぬふりはできないよ」

「……そうか」

アルは俺の答えに、どこか満足そうに少し笑った。

すると、サリアたちも口を開く。

「私も大丈夫！　困ったときは、助け合わないとね！」

「……ん。助け合い、大事」

「そうですよ！　私の力が役に立つのなら……！」

「私はただ、主様の意向に従うのみだ」

本当にルルネは成長したね。

ついルルネの言葉にホロリと来ていると、守神さんが慌てて口を開く。

「ちょ、ちょっと待つでござる！　分かっているでござるか⁉　今ならまだ引き返せるでござるよ！」

「大丈夫ですよ。それに、そこに縛られてる人たちを倒した時点で今さらでしょうし」

「う……」

もうね、これ以上ないほど綺麗にぶっ飛ばしちゃったからね。

これで俺は無関係……とはとても言えないだろう。

「なので、気にしないでください」

「そうか……そこまで言ってくださるのなら――」

「待て、守神殿！」

すると、ついに我慢の限界といった様子で、月影さんが口を開く。

「私はその者たちをすぐに信用することはできん！　特に外つ国の者は！」

「月影殿……確かに言わんとすることは分かるが、何故そこまで外つ国の者を？」

「何故も何も……！　……いや、あれが分かったのは守神殿の行方が分からなくなってからだったな」

「拙者が不在のときに……何かあったのでござるか？」

守神さんの言葉に、月影さんは忌々《いまいま》し気な様子で頷く。

「ああ……今この国で起きているすべての黒幕が判明したのだ」

「なっ⁉」

「だが、それ以上に厄介《やっかい》なことになっている。その黒幕によって、もはやこの国の有力者は一掃されたのだ。今のこの国は、もはやその黒幕の天下と言っても過言ではない」

「ど、どういうことでござる！」

月影さんの言葉に驚く守神さん。

確か、守神さんの話では、まだ国としてまとまっておらず、大名みたいな有力者たちが覇権争いをしているってことだったが……それがどうも違うらしい。

「今回の黒幕は、外つ国の者だ。どこの国かまでは判別つかぬが……とても強大な力を持っており、たった一夜にして、大和家を除く他の有力者たちをすべて傘下に加えたのだ」

「そんな⁉」

「……何だかずいぶんきな臭ぇことになってんな」

話を聞いていたアルも、月影さんの言葉に眉をひそめる。

同じように月影さんの話を聞いていたオリガちゃんも、一つ頷いた。

「……ん。こういう状況で真っ先に頭に浮かぶ国と言えば、カイゼル帝国だけど……」

オリガちゃんの言う通り、今までのことを考えれば、真っ先に疑う外国と言えばカイゼル帝国になるだろう。ろくなことしないし。

ただ、オリガちゃんはどうも腑に落ちないようで、首を捻っていた。

「……カイゼル帝国にいたから少しはあの国の事情を知ってるけど、カイゼル帝国から見てこの国を侵略する優先度は低かったはず。少なくとも、ウィンブルグ王国やヴァルシャ帝国、魔王国といった同じ大陸にある国を征服しない限りは、外に手を伸ばすことはない。それだけ戦力が分散すると、本国が手薄になるから」

「なるほど……」

すると、俺たちの話が月影さんたちにも聞こえたようで、微かに目を見開いている。

「……貴殿らもこの国を乗っ取ろうとしている国がどこなのか分からぬようだが、それと貴殿らを信用するのは話が別だ。どのような理由であれ、外つ国の者への疑念は変わらぬ。何より、もし貴殿らが本当に我々の力になるというのなら、生半可な実力では足手まといだ、先ほども言ったが、今のこの国を支配している外つ国の者たちは強大ゆえな」

月影さんの心配ももっともだな。

俺たちが力を貸すって言っても、何もできないんじゃ意味ないし。

それにしても……カイゼル帝国じゃないなら、どこの国なんだろうな？

ヴァルシャ帝国はこの前の襲撃から国を安定させるのにもう少し時間がかかるだろうし、魔王国もルーティアのお父さんである、先代魔王のゼファルさんが戻ったことでドタバタしてるだろう。

俺たちが暮らしてるウィンブルグ王国は――うん、あそこは色々な意味で忙しいからな！　そんな真面目なことをしてる暇はねぇだろう。兵隊さんたちも変態の相手で大忙しだし。

となると、ウィンブルグ王国のある大陸とも、この東の国とも違う、また新たな大陸からの侵略か？

実際、どれくらい他の大陸があるのかも分からないし、可能性としてはなくはないだろう。

「月影さんの心配は分かりました。では、どうすれば力を貸すだけの実力があると判断してもらえるでしょうか？」

「そうだな……幸い、今は守神殿が戻ってきている。貴殿らも我々の仲間だと仮定した上での提案となるが……」

少し考え込む様子を見せる月影さんは、しばらくすると何かを思いついた様子で口を開いた。

「では、こうしよう。現在我々はその外つ国の者の傘下に降った、諸侯の手の者たちから追われている。それらを警戒するためにも、まずは敵を見つける力を試したい」

なるほど、索敵《さくてき》能力を見るわけか。

確かに索敵能力が高ければ、不意打ちの心配もないし、何なら敵を先に見つけた上で遠回りして逃げることもできるもんな。

「そこで、今から拙者が一度、そこの森に紛《まぎ》れる故、隠れた拙者を見つけ出してほしい」

「え？」

「拙者は忍者だ。だが、もちろん相手にも忍者はいる。そう言った手合いからの襲撃が一番怖い故な。ここで拙者を見つけられぬようであれば、不意の一撃でいつムウ様が命を落とすかは分からん。だからこそ、この試練だ。よいな？」

俺たちは顔を見合わせるが、全員問題はないようなので、頷く。

すると、月影さんも一つ頷き、守神さんに視線を向けた。

「ということだ。守神殿には、少しの間ムウ様の護衛を頼む」

「それはもちろん、頼まれるまでもなく護衛はするでござるが……」

守神さんは言葉にこそしなかったが、俺たちのことを不安そうな目で見ていた。

そりゃそうだろうなぁ……月影さんは見た目通り忍者なわけだし、俺なんかよりも隠れるのは上手いだろう。

俺たちの中で索敵という意味で優れているとすれば……オリガちゃんとサリアだろう。

オリガちゃんは言うまでもなく、暗殺者として活動していた。

サリアは森の中での生活で、狩りをしたりと気配を消したり、探ったりするのは上手いはずだ。……まあ、あれだけ強けりゃ気配を消す必要はなかったかもしれないが、少なくとも気配察知は最低限できると思う。

アルもそこら辺は冒険者として活動していく中で培《つちか》っているだろうし、大丈夫だろう。

問題は、俺とゾーラ、そしてルルネだ。

俺は一応、冥界に行ったときに、悪霊を倒すための技術として、生命力を扱う術を身に付けた。

そのおかげで、生きている物であれば、それらを察知することはできる。

果たして、それがどこまで月影さんに通用するのかは、始まるまで分からないが……。

だが、ゾーラは今までダンジョンで生活していただけあり、このメンバーの中で一番戦闘や索敵などは不慣れだ。もちろん、ゾーラ特有の能力もあるので、戦うのは問題ないだろうけど、索敵は完全に素人だろう。

そして一番の頭の悩みどころは――――ルルネだ。

ルルネは索敵できるのか？

まったく分からん。

なんせ、元はただのロバなのだ。

だが、その実力は邪神を食べ、全身宇宙になったとのたまう、ロバ要素はどこに消えたのか分からない存在だ。

戦闘でも、強力な魔物を蹴り一発で消し飛ばす力を持っている。

そんなルルネに、果たして索敵能力があるのか……分からない。全然予想もつかない。

ついついルルネに視線を向けると、そんな俺の視線に気付いたルルネは不思議そうに首を傾げるだけだ。

……まあでも、ルルネに頼らず、俺たちが頑張ればいいだけの話か。

自分の中である程度考えをまとめていると、月影さんが一応捕まえた侍たちが逃げないようにと、さらに念入りに縛り上げ、守神さんの目の届く範囲に転がす。

「ふぅ……これで拙者が少し離れても安心だ」

「あの、大丈夫なんですか？　俺たちの試験をするのは分かったんですが、こんなところで試験をして……」

「その点は心配ない。ここにいる襲撃者以外、あの場にはいなかった。つまり、相手が我々が殺されたかどうかを確認するまで多少の猶予がある。……とはいえ、長々とやっている時間もない。ルールを説明するが、誠一殿たちが三十数えている間に拙者はこの近くの森に身を隠す。身を隠す範囲は……まあ適当ではあるが、そんな非常識な距離まで移動するつもりはない。ムウ様に万が一があっては困るから、なるべくこの近辺に隠れるつもりだ。その拙者を、誠一殿たちが見つけたら誠一殿たちの勝ちとなる。制限時間は……一刻ほどでいいだろう。その間に見つけてくれ。準備はいいか？」

俺はサリアたちを見渡すと、全員気を引き締めた様子で頷いた。

「よし。では……始めッ！」

月影さんはそう言うや否や、素早く森の方に移動し、一瞬にして姿を消してしまった。

そんな中、俺たちは十数える間に少し話し合う。

「それで……どうする？　見つけられるかな？」

「んー……大丈夫だと思うよ？」

「……ん。私もサリアお姉ちゃんと同意見。さすがに三十秒じゃ遠くに行けない」

「だが、ここから見た範囲でも結構森は深そうだぞ？　オリガみたいに森でも目立たなそうな格好してるし、探すのは骨じゃねぇか？」

「そ、そうですね。もうすでに、気配も感じませんし……」

皆あれこれ意見を出すが、特にまとまることもなく、三十数え終わる。

「まあ何はともあれ、探しに行くか。これに認められねぇと、オレたちは守神さんの手助けもできないんだしよ」

アルが肩を回しながらいざ森に行こうとしていると、俺はふとあることを思いついた。

「もしかして、いけるのかな？」

「あ？　何が？」

アルだけでなく、サリアたちも不思議そうな表情で俺を見つめる中、俺は地面に向かって声をかけた。

「あの……陸さん。さっき移動した月影さんを捕まえられます？」

「……おい、誠一？　お前何やって――――」

「――きゃあああああああああ!?」

アルが俺に訊く前に、女性の悲鳴が聞こえた。

思わずその方向に視線を向けると、侍たちをなぎ倒した岩の触手が、月影さんを捕まえて空高く掲げていた。

そして、その岩の触手はスルスルと俺のもとに移動してくると、そっと月影さんを俺たちの前に降ろす。

「……」

『……』

沈黙が、痛かった。

◆◆◆

――これはまだ、誠一たちが守神ヤイバと出会う前。

東の国の中央に位置する、最も栄えた都市――『栄京《えいきょう》』。

その栄京には東の国一番の巨大な【太陽城】が存在する。

その城をもし誠一が見れば、五重塔と日本のお城が合体したような見た目だと感じるであろう様相だった。

そんな太陽城の大広間で、一人の男が優雅に座り、酒を飲んでいた。

大広間は畳であり、周囲には日本の戦国時代のような意匠を感じられるが、所々に何故か、ハイテクな基盤や謎に光る回路などが張り巡らされており、非常にちぐはぐとした印象を受ける。

まるで戦国時代に未来の技術を無理矢理組み込んだかのような、そんな不思議な部屋になっていた。

すると、その男のもとに、部下の一人がやって来る。

「ご……ご報告申し上げます……例の大和家当主の誘拐に……失敗、いたしました……」

「――――ほう？」

部下の報告を聞いた男は、どこまでも冷たい声音で一言、そう口にした。

そんな男の様子に、報告した部下は頭を下げたまま震える。

「そ、その……一人残った【天刃】の反撃にあい、その隙に大和家当主は……」

「貴様はわざわざ、己の無能さを我に伝えに来たのか？」

「め、滅相もございません……！」

部下はただただ額を地面にこすりつけ、男に頭を下げ続ける。

そんな部下を男は冷たく見下ろすと、酷薄な笑みを浮かべた。

「まあいい。我は寛大だ。貴様にはもう一度チャンスをくれてやろう」

「……」

「――今すぐ、我のもとに【無有】を連れてくるのだ」

「は、はあっ！」

部下はもう一度頭を下げると、すぐさま男の前から立ち去った。

その姿を見送ることもせず、男はただ静かに外を見つめる。

「ふふふ……まさか、こんな辺境の星に、あのような存在がいるとはな……」

男がニヤリと笑った瞬間、その姿は歪み、背中から触手が現れ、顔は人間とはとても呼べない、別のナニカへと変貌した。

それこそ、地球ではグレイと呼ばれるタイプの宇宙人的な顔立ちに、少し魚類の面影も混ざった、とにかく人間でないことに間違いはなかった。

そんな変貌した姿の男は、ますます笑みを浮かべる。

《ヤツを手に入れれば……この我が、宇宙の覇者に……ククク……ガハハハハ！》

もはや自身の計画が成功することを信じてやまない男は、その先に起こる出来事を何一つ予想できないのだった。

ムウ

「誠一殿たちの……実力を……認める……」

「……はい」

開始数秒でその場から動くことなく月影さんを捕まえた俺たち。

結果としては俺たちの力を示せたことになるのだが、あまりにも理不尽すぎる結果に、月影さんは何とも言えない表情を浮かべ、守神さんも困惑している。

安心してください。俺も困惑してます。

すると、張り切って月影さんを探しに行こうとしていたアルが、呆れた様子でため息を吐いた。

「まあ……海に接待されながら移動したり、もう今さらではあるが……誠一」

「は、はい」

「もはや魔法すら使わなくなったな」

「いやあああああああああっ！」

言われてみればそうだけども！　仕方ないじゃん？　頼めば動いてくれるんだもん！

今どれだけ俺に魔力があるのか分からないが、少なくともそう簡単に枯渇するような量ではない。

それでも、魔力を使わずに済むならそれの方がよくないですか？

嘆く俺をよそに、アルはしみじみとした様子で続けた。

「バーバドル魔法学園に、魔法の腕を買われて先生してたくせに……」

「ヤメテ！　これ以上は俺の精神が保たない！」

「その割には元気そうだけどな？」

このノリは平常運転なので。

辛《つら》くても明るく。これ大事。

俺とアルがそんな会話をしていると、何とも言えない表情のまま、月影さんが守神さんに声をかけた。

「……外つ国はこんな化け物しかいないのか？」

「さ、さあ……拙者も外つ国の者は誠一殿たちが初めてでござるから……」

「すまねぇが、コイツは例外中の例外だ。誠一の真似は誰にもできねぇよ。安心してくれ」

「そ、そうでござるか？」

「……まあアルトリア殿の言葉が本当であるなら、これ以上ないほど心強いがな」

まだ微妙に心の整理がついていない様子の月影さんに対し、サリアが笑顔で告げる。

「大丈夫！　誠一が何とかしてくれるから！」

「い、いや、サリア。その信頼は嬉しいけど、どこまで俺の手に負えるか……」

「安心しろ。お前の手に負えなきゃ、すべて終わってる」

「そこまで⁉」

さすがにそんなことはないと思うが……俺の手に負えないことなんて、世の中いくらでもある。

「ま、まあいいや。それで、これからどうするんですか？　その黒幕ってのが、そこの……大和様を狙ってるんですよね？」

「……」

俺がそう言いながら大和様に視線を向けるが、大和様は最初のときから変わらず、虚ろな表情で虚空を見つめている。

「えっと……守神さん？　大和様って、いつも、その……」

「……誠一殿の言いたいことは分かるでござるが、大和様はこれがいつものお姿でござる。いや、そうなってしまった、という方が正しいか……」

「え？」

守神さんの言葉に首を傾げると、守神さんは沈んだ表情を浮かべ、月影さんも同じく、悲しげな表情になっていた。

「……今のムウ様は、ムウ様自身の力を封じ込めた結果の姿だ」

「この国の大地が生まれたきっかけを」

「そうでござる。知ってるでござるか？　この国……いや、この国の大地が生まれたきっかけを」

「大地が生まれたきっかけ？」

次々と飛び出す不思議な言葉に、俺だけでなく、アルたちも困惑の表情を浮かべた。

「この東の国と呼ばれるこの地が生まれたのは……ムウ様のお力でござる」

「は⁉」

まさかの言葉に、俺たちは絶句した。

大地が生まれたって……ええ？

「そ、それって、どういう意味ですか？」

「そのままの意味でござるよ。元々我々が住むこの地は、存在しなかったのでござる」

「もちろん、無人島だった、とかではなく、本当に存在しなかったのだ」

「存在しなかったって……つまり、海の上だった、ってことか？」

「そういうことになるでござる」

「……誠一と同系統かよ……」

「そのまとめ方やめてもらえます⁉」

アルの疲れたような言葉に、俺は思わずツッコんだ。俺は別に土地を生み出してないですから！　ただ頼みごとを聞いてもらってるだけだから！

「って……ちょっと待って。確か、守神さんって十何代目かの当主なんですよね？　それって、この土地以外で代を重ねたってことですか？」

「いや、この国の、この地で重ねた結果でござるよ」

「そ、それじゃあ……大和様って、一体……」

おいくつなんですか？　って口に出しそうになったが、そもそも偉い人に訊く質問でもないし、何より女性に訊くものでもない。

だが、俺たちよりはるかに長い年月生きていることだけは理解できた。

しかし、どう見ても大和様の見た目は幼い女の子で、バーナさんのようにエルフといった感じでもない。

「話を戻すでござるが、この国はムウ様のお力によって、生まれたと言っても過言ではない。まさに神のごとき御力でござる」

「しかし、その力を崇める者たちと、排除しようとする者たち、そして利用しようとする者たちが現れたのだ」

「それは……」

「当然の結果でござろうな。ムウ様の御力は、神と呼んでも間違いないでござる。先ほどはこの国を生み出したと言ったでござるが、ムウ様は土地だけに限らず、何でも生み出すことができたんでござるよ」

「な、何でも？」

「何でも、でござる」

「……おいおい、まさか……」

何かに気付いたアルが頬を引き攣らせると、真剣な表情で守神さんは告げた。

「もちろん――人間も」

「っ⁉」

「……ソイツは、結婚して、旦那との間に子供を作った……とかって話じゃねぇよな？」

「違うでござる。何もないところから、人間を生み出したのでござるよ。生み出される人間は年齢も性別もバラバラ……そんな生み出された者たちが集まった場所こそ、この国でござる」

「……本当に神様かよ」

アルの言葉に、俺たちは言葉が出ない。

なんせ、やってることはまんま神様だ。

土地を生み出し、生命体を生み出した。

そんなもの、人間ではとてもできない。

そんなの、俺だって――で、できないよね？　大丈夫だよね？

……これ以上考えると怖いから、やめておこう。

そんなことはできない。人間だもの。

とにかく、大和様はまさに神様と呼べる存在だろう。

「そ、それで、大和様の力が封印されてるってのは……？」

「……まさに神のごとき力を振るわれたムウ様は、御力こそ神と同じでありながら、その心は人間だったのでござる」

「え？」

「多くの人間を生み出し、関わってきたムウ様だが、生みの親であるムウ様を裏切る人間も多くいた。それこそが、先にも言ったムウ様を排除しようとした者たち、そして利用しようとした者たちだ」

「そんな自身の子供ともいえる人間から裏切られたムウ様は、ひどく心を痛められたでござる。そして、ムウ様はもう心を痛めぬよう、自身の力と共に封じたのでござる。それが今のムウ様なのでござるよ」

「そんな……かわいそう……」

サリアは純粋に思ったままを口にした。

今の大和様だけでなく、ゼアノスや黒龍神も、同じように人間によって苦しめられたのだ。

……本当にどうしようもない種族だなぁ、人間って。それを言えば俺もだけど。

「そんじゃあ、今までの大和様の立ち位置ってどんな感じだったんだ？　一種の建国神だろ？」

「御心を封印される前は、女王としてこの国をまとめておられたが、封印以降は、一種の国の象徴として、ただいるだけの存在になっていたでござる。それ故に国が分裂し、ムウ様の後を狙った諸侯が台頭、戦乱の世に突入といった形でござる」

「なるほど……」

大和様は、日本でいう天皇陛下みたいな立ち位置だったのか。

それも、どちらかと言えば戦国時代の帝に近い……のかな？

となると、一つ疑問が浮かぶ。

「なんでまた、今になって大和様を狙うように？　大和様自身がその力を封印したんですよね？」

「……ああ。だが、今回の首謀者である者は、どうやらムウ様の封印を解く力を持っているようだ。だからこそ、ムウ様を狙っている」

「そんな……つまり、何でも生み出せる力を？」

「いや。相手は、ムウ様のその力を狙っているのではない」

「え？」

「……ムウ様には、もう一つの側面があるのでござるよ」

より深刻な表情でそう告げる守神さん。

もう一つの側面って……まだあるのか？

「ムウ様には、二つの面があるでござる。一つは【無から有《う》みだす者】……そして、もう一つは【無で有る者】でござる」

「無で有る？」

「つまり、すべてを無にする力だ」

『⁉』

とんでもない力の内容に、俺たちは再び言葉を失った。

す、すべてを無にするって……。

すると、アルが先ほどと同じように顔を引き攣らせながら訊いた。

「まさかとは思うが、その力も……」

「何でも、でござる」

「……」

言葉が出ない。

何でも無にできる。

つまり、人間ですら、無かったことにしてしまうということだ。

「創造と破壊を併せ持つ存在――つまり【無有】。これこそがムウ様の正体であり、相手が狙うすべてだ」

一つ言わせてほしい。

ルーティアのお父さんである、ゼファルさんを助けたときも思ったが……規模がデカい！

何⁉ あの【夜王】を相手にしたときも大概だなって思ったけど、こっちはこっちでとんでもねぇ力の持ち主がいるじゃん！

本当に魔神の付け入る隙あったの⁉ この世界に⁉

どう考えても魔神が何かできるような世界じゃないじゃん！

いや、もしかしたら、魔神はもっとすごいのかもしれないけどさ。

やっぱり俺なんかより全然ヤバいじゃん！

俺は人間を消すなんて――――お？ これ以上は不味い気がするぞ？

か、考えるな。大丈夫。俺は人間だ。

「どこでムウ様の御力のことが外つ国に漏れたのかは分からぬ。だが、私欲のためだけに狙おうとする外道に、ムウ様を渡すわけにはいかんのだ」

月影さんは真剣な表情でそう締めくくった。

「……話が少々長くなったな。そろそろ移動しよう。さすがに我々を襲った者たちが帰ってこないことで、相手も異変を察しただろうしな」

「分かりました」

俺たちは頷くと、そのまま月影さんの後を追い、その場を去るのだった。

「……」

「……」

月影さんの後について移動中、大和様はじーっと俺のことを見つめていた。

ちなみに、大和様は月影さんに背負われているため、わざわざ後ろを振り向いてのことである。

「……」

「……」

「……」

「……あの、何か……？」

「……」

あかん、会話できんタイプや！

いやまあ、月影さんと守神さんの話では、大和様は力と一緒に心も封印しているらしいし、ちゃんとした会話ができなくても仕方ないんだろうけどさ。

それにしても、なんで俺を見てくるんだろう？

……ハッ⁉　まさか、俺って臭い⁉

「な、なあ、アル。俺、臭うか？」

「急に何の話だよ？」

「ちょっと自分の体臭に自信がなくて……」

なんせ体臭で格上の魔物を殺したのでね！

すると、アルは軽く俺に顔を近づけ、鼻を動かすも、首を振る。

「別に臭くねぇぞ？　お、オレは好きな匂いだ」

「へ？」

「うん、誠一、いい匂いだよねー」

「い、いい匂い……」

そんなこと、初めて言われたな。

ただ、アルはともかく、サリアはなぁ……。

ゾーラのいたダンジョンでアナコングにも結婚を迫られた際は、俺の体からは本当にゴリラを引き付ける何かが出てるんじゃないかと思ったくらいだからな。

とりあえず、俺が見られる理由なんて今までのことを考えると、臭いくらいしか思い当たるものがなかったんだが……。

「……なんであんなに見られてるんだろうか。穴あきそうなほど見てくる……」

「……何故誠一殿がいきなり臭いを気にしたのかはよく分からんでござるが、ムウ様にとって、誠一殿は引っ掛かる何かがあったんでござろうな」

「引っかかるって……」

「拙者も驚いているでござるよ。ムウ様は、それこそ拙者の知る限り何かに興味を抱くことは今までござらんかった。恐らく、心を封じ込めてから、そんなことは一度もなかったと思うでござる。だが、何故か誠一殿には興味を示した……拙者には分からない、誠一殿の何かを感じ取ったのでござろう。御力を封印したとはいえ、その神秘性に陰りはないのでござる」

「そ、そうなのか……」

そんな神様みたいな人が、俺みたいなただの人間に何を感じるんだろうね。こう、溢れ出る小市民感？

すると、サリアは笑顔で口を開いた。

「誠一は、一緒にいるだけで楽しいからね！　大和様も楽しいんじゃない？」

「え？」

「大和様の心は封印されてるって言うけど、誠一の行動がおかしくて、その封印すらも抑えきれない衝動として現れてるんじゃないかなぁ」

「待って、そんなに俺っておかしいか？」

『うん』

「即答⁉」

しかも全員かよ！

会話に参加してなかった月影さんまで頷くとかどうなってるの？　会ってまだ、そんなに時間経ってませんよね？　そんな人からも俺、おかしいって思われてるの？　うるさい自覚はあるけど！

ほら、常識さんと普通さん。そろそろ帰ってきてもいいんですよ？　俺の体はいつでもウェルカムなんで。

「……着いたぞ」

そんなくだらないやり取りをしていると、どうやら目的地に着いたらしい。

月影さんが促した先に視線を向けると、そこには森の中の隠れ里、といった雰囲気の街が広がっていた。

月影さんの後ろを何も考えずについて移動していたので気付かなかったが、どうやら特殊な道を通っていたみたいだ。

というのも、森で囲まれながら、そこは切り立った崖があり、その崖に突き出す形でいくつもの家が建てられていて、普通であれば多少遠くからでも見えただろう。

しかし、こうして近づくまでその家々に気付かなかったってことは、何か特殊な仕掛けがどこかに施されていたはずだ。

その仕掛けが何なのか分からんが、まあいいだろう。分かったところで俺には使い道もないし。

「うわ～！」

「すっげぇな……」

「……ん。異国情緒あふれてる」

「は、はい。王都やサザーンで見た家とは、違った造りですね！」

サリアたちも目の前に広がる景色に、感動の声を上げていた。

ゾーラの言う通り、この街にある家は、ウィンブルグ王国や他の国のような石造りの建物じゃなく、木造だ。本当に昔ながらの日本って感じだな。

家の見た目も、長屋が多く、見た目もどこか日本人である俺からするとなじみ深い。

街のいたるところから煙が登っており、栄えていることが分かった。

そんな街に感動していると、月影さんが教えてくれる。

「ここは、拙者の故郷である『影の里』だ。本来ならば、大和様はこの国の中心である『栄京』の太陽城にいるはずなのだが、あそこはすでに敵の手によって占領されてしまった。そして、他の諸侯も傘下に降った今、大和様が逃げられる場所はそうない」

「そこで月影殿の故郷である、この『影の里』でござる。誠一殿たちも何となく感じたでござろうが、ここに来るには特殊な方法を使わなければたどり着けないのでござる。だからこそ、敵の追手を心配する必要はしばらくないと思うでござるよ。この里自体も、ムウ様の味方でござるから」

「なるほど……」

　いわゆる忍者の隠れ里か。

　改めて周囲を見渡していると、戦国時代くらいの日本の町人のような格好をした男が二人、慌てた様子で月影さんに近づいてきた。

「エイヤ！　無事だったか！」

「ああ。幸いなことにな。大和様もここにおられる」

「忍びの務め、ご苦労。しばらくはこの里で過ごすといい。我らの集めた情報も含め、エイヤに渡そう」

「かたじけない」

　どうやらこの二人の男性も忍者なようで、月影さんと少し言葉を交わした後、街中に溶け込むように消えていった。す、スゲェ。

　その様子を見ていると、月影さんがこちらを振り向く。

「待たせたな。先ほどの者たちは拙者と同じく忍びの者……というより、この里で暮らす全員が忍びだ。そしてこの里の者たちは大和様を支える勢力の一つだ。しばらくはこの里が提供する宿で過ごすことになるだろう。こっちだ」

月影さんの案内に従い、街中を進んでいく。

「いらっしゃい！　団子はいらんかね？」

「この刀はあの名工が――――」

「安いよ安いよー！　今日獲れたての魚だよー！」

あちこちで上がる声はどれも活気にあふれ、この里が栄えていることが分かる。

だが、これだけ栄えていながら中央の都市ほどではないというのも驚きだ。中央はどんだけ栄えてるんだ？

というより、隠れ里っぽいし、もっとしっとりと、静かなイメージがあったが、そんな俺の想像を裏切るような光景だ。もちろんいい意味だけどね。

「ここだ」

「へ？」

街の様子を興味深く観察しながら移動していると、俺たちの目の前にお城と言っても差し支えないだろう、巨大な建造物が飛び込んできた。

だが、入り口には『湯』と書かれた暖簾がかかっており、お城ではないことが分かる。

つまり、目の前の巨大な建造物は旅館なのだ。

イメージとしては、某神様の湯屋にめちゃめちゃ近い。どうしよう、名前取られそう。

これまたそっくりな赤い橋を渡り、俺らが滞在するという宿に向かうと、宿から着物を着た女性が出てきた。

　その女性は俺たちの前に来ると、丁寧に頭を下げる。

「ようこそおいでくださいました。お話は伺っております。ささ、どうぞ中でお寛ぎください。私どもが精いっぱいおもてなしさせていただきます」

「は、はあ……」

　ついそんな気の抜けた返事をしてしまったが、俺はあることに気付いて慌てた。

「そ、そうだ、お金！　この場所って、どんなお金が使われてるんですか？」

　こんな高そうな宿に泊まるのに、お金がないんじゃシャレにならない。

　もちろんウィンブルグ王国や同じ大陸内なら金銭を心配する必要はないけど、ここまで文化が大きく違う上に、この国の成り立ちを考えると、貨幣も大和様の力で新たに生み出されていてもおかしくないのだ。

　なので、場合によっては俺の手持ちのお金のほとんどが無意味の可能性もある。

　そんな俺の心配ごとに対して、月影さんと守神さんは顔を見合わせた。

「どんなお金、と言われてもな……」

「誠一殿たちと同じだと思うでござるよ？」

「俺たちと同じというと……」

「あれでござる。魔物を倒した際、お金が出るでござるよね？　それをそのまま使っているでござる」

「あ、よかった……」

守神さんの言葉に、俺はひとまず安堵《あんど》する。どうやらこの国でも使われているお金は金貨や銀貨みたいだ。

でも、よくよく考えれば、魔物からお金が手に入るってどうなってんだろうな？

この世界を生み出した神様が組み込んだシステムだと言われてしまえばそれまでだが……。

あまり気にしてこなかったが、色々と不思議でどう成り立ってるのか謎な貨幣システムだ。

国ごとに魔物から手に入るお金と同じ貨幣を作られているのかも実は知らないし。

一般人からすれば、使えるお金ってだけで十分なのは間違いないが、こうして考えると不思議で気になる。まあ今気にする必要はないだろうし、考えれば考えるほどドツボに嵌《はま》りそうだから深く考えない方がいい気もするけど。

そんなことを考えていると、宿屋の女性が慌てた様子で口を開いた。

「あ、お代はいただかないのでご安心ください！」

「え？　そうなんですか？」

「もちろんです！　大和様をお迎えするというのに、お金をいただくわけにはまいりません。もちろん、お連れ様も同じでございます。大和様の護衛とあらば、丁重におもてなしするのが大和家に仕える我らの務め……ぜひともこの宿でお寛ぎください」

なんという好待遇っぷり。

今日は海にも接待され、人間にも接待されるのか。流行りかな?

「ここで長話もなんですから、どうぞ、中へお入りください。もちろん、お部屋は最上のところをご用意いたしておりますので……」

そう告げる宿屋の女性についていきながら、俺たちは宿に入るのだった。

東の国での過ごし方

「こ、これは……！」

誠一たちが侍の襲撃を退け、そのまま影の里へと向かった後、しばらくしてその場所に怪しげな男たちが現れた。

この東の国では少々珍しい、全身を覆うローブを身に纏っており、服は日本ぽさを感じない。

だが、その男たちの顔には、まるで鬼のような仮面が付けられ、とても不気味だった。

そんな謎の集団の者たちが倒れている侍に近づくと、それぞれの体を確認する。

「……隊長。どうやら全員生きているみたいです」

「ただ、どれも手ひどくやられており、すぐに動くのは無理かと……」

「な、何が起きたというのだ……」

隊長と呼ばれた男は、部下たちの言葉を耳にしながら頭を抱えたくなった。

「もう二度と失敗できないというから、今まで以上の腕利きを送ったのだぞ……それも、【天刃】がいないこの状況で！　今の大和家についている者など、忍び風情が精々ではないか！　どうやって……!?」

「隊長！　侍衆の一人が目を覚ましました！」

「ッ！　今すぐ連れてこい！」

隊長がそう命令すると、男たちに慎重に抱きかかえられた一人の侍が、満身創痍といった様子で隊長のもとに連れてこられた。

「何があった⁉　説明しろ！」

隊長はできるだけはやる気持ちを抑えながら、侍にそう問いかけると、侍は痛みを堪えながら、何とか口を開く。

「ま、まず……て……【天刃】は生きてやがった……」

「何⁉」

完全に死んだと思っていた大和家の守護神である【天刃】が生きているという報告に隊長は動揺を隠せなかった。

大和家を代々守護してきた守神家の現当主である守神ヤイバは、その実力から【天刃】と恐れられている。

詳しい戦力は誰も測ったことがないため、何とも言えなかったが、その実力は外国のS級冒険者に匹敵するほどだと言われていたのだ。

そんな【天刃】も、前回の襲撃で多勢に無勢で敗れ、死んだと思っていた。

だからこそ、次の襲撃で蹴りが付く。

そう、隊長たちは思っていたのだが……。

「くっ……【天刃】が生きていたのは確かに痛い。だが、貴様らは【天刃】を襲撃した連中よりさらに腕利きだったはずだ！　しかも、人数も倍以上だぞ⁉　それなのに何故⁉」

「それが……よ、よく分からねぇ……」

「よく分からないだと⁉」

侍の言葉に、隊長だけでなく話を聞いていた部下たちも驚いた。

「貴様たちほどの腕を持ちながら、何も分からずやられたと申すか！」

「ああ……ぐっ……いきなり……水の触手や……岩の触手が……俺たちを次々と蹴散らしやがった……」

「何だその状況は⁉」

訳が分からない。

隊長のみならず、その場にいた全員の感想だった。

この国に、水の触手や岩の触手などという訳の分からぬものを操る存在はいない。

たとえそれが、新種の魔物であったとしても、この腕利きの侍たちが一方的にやられるはずがないのだ。

「お、俺たちだって分からねぇよ……た、ただ……標的の近くに……見慣れねぇ……異国の連中がいたみたいだ……」

「何だと？　詳しく話せ！」

「いや……詳しくも何も、そいつらの姿を少し目にしたころには……俺たちは、その触手で……全員やられちまってたのさ……」

「くっ……！」

状況的に考えれば、どう見てもその異国の連中というのが怪しい。

だが、その実態を見る前にやられたとなると、かなり厄介だった。

「何でしょうか……妖術や仙術使いですかね？　それとも忍術ですか？」

「いや、異国というからには魔法、と呼ばれるものを扱う連中だろう。全く忌々しい……！」

隊長は激しい怒りを抱きながら、そう吐き捨てる。

しかし、残念なことにこの惨状が魔法でもなく、ただ誠一のお願いを聞いた海と陸という、自然の力による制圧であったことを知る機会は永遠にないだろう。

これ以上侍から情報を得られないと分かった隊長は、すぐさま指示を出す。

「数人はここにいる侍たちを連れ帰れ！　少しでも戦力は惜しい」

「ハッ！」

「残りは俺と共に来い！　恐らく、奴らは忍びの隠れ里……『影の里』に身をひそめているはずだ。その入り口を探すぞ」

『ハッ！』

次の行動が決まった謎の男たちは、すぐに動き始める。

「待っていろ……次こそは必ず……！」

隊長はそう決意しながら、森の中を駆け抜けるのだった。

◆◆◆

「こちらが、皆さまのお部屋になります」

「おお！」

俺たちが案内されたのは、とても広い大部屋だった。

ちなみに、守神さんと月影さん、そして大和様は別の部屋なので、ここには俺たちしかいない。

そんな俺たちの部屋は、畳と質のいい机、その上には急須や湯飲み、茶葉、茶菓子などが置かれ、ポットらしきものまで用意してある。あのポットみたいなものも、魔道具なんだろう。魔法ってすごい。

机の上に置いてある茶葉も、雰囲気的には緑茶かな？　後で確かめよう。

広さ的には俺たち全員が入っても十分広く、それでいて静かな高級感にあふれている。

久しぶりの畳と座布団に感動していると、俺はあることを思い出した。

「あ！　そういえば、ウミネコ亭の部屋どうしよう？」

「あー……確かに、言われてみりゃあそうだな」

「でも、荷物とかは特に置いてないよね？」

「まあな。だからすぐに出てもいいっちゃいいんだが……」

「俺が転移して伝えてくるよ」

「そうか？　悪《わり》ぃな。頼む」

俺はすぐにその場から転移してサザーンのウミネコ亭に向かい、急な話ではあるがもう出発する旨を伝えた。

「はぁ……もちろん、出発されるのは問題ないですが、ずいぶん急ですね？」

「すみません。ちょっと色々ありまして……」

「いえいえ。私どもとしては、お客様方のおかげで収入もありましたし、街全体にあの伝説の食材ともされるバハムートを下さるなど、とても感謝しきれません。またこの街に来る機会がありましたら、ぜひこのウミネコ亭をご利用ください」

「はい！」

いい人だ。とても気分よく出かけられるぞ！

そう思った瞬間、ホテルの従業員さんは思い出したように続けた。

「あ、次にこちらに来る際は、時期を気にすることをオススメします」

「クッ！　思い出しちまったよ！」

せっかくいい気分で戻れると思ったのに！

最後の最後であの中毒者たちのことを思い出すなんて……！

だが、従業員さんの言う通り、次に来るときはちゃんと時期を考えよう。あんな争奪戦、見たくないし。

何とも苦い思いをしながら再び転移魔法で隠れ里の宿に戻ると、部屋ではアルたちがのんびりくつろいでいた。

「お、お帰り。悪かったな……って、どうした？」

「……いや、ちょっとね」

「そ、そうか？　まあいいや。お前もここ座れよ。このお茶ってヤツ、美味しいぜ」

「変わった味だけど、飲みやすいよね！」

アルたちに促されるまま腰を下ろし、サリアが入れてくれたお茶を飲むと、やはり予想した通り、緑茶の味がした。

「ほっ……染み渡るな、この味……」

「何か一気に老け込んだな、誠一」

「おじいちゃんみたい！」

俺の反応がおかしかったようで、サリアとアルが笑う。

すると、茶菓子を食べていたルルネがそっと俺にも茶菓子を差し出した。

「主様。こちらをどうぞ。そちらの飲み物と合わせますと、非常に美味しいですよ」

「お、ありがとう」

めっきり大人しくなったルルネは、暴飲暴食などせず、粛々と茶菓子を食べている。いや、結構な量を食べてるのは変わらないけど、以前みたいに一瞬で消えるなんてことはなく、ちゃんと口で味わっていた。

「……お布団、ふかふか」

「すごいですね！　床に直接敷いて寝るのは初めてですが……これなら体も痛くなさそうです！」

「……ん。それに、皆と一緒に寝れる」

「そうですね！」

ゾーラとオリガちゃんはとても仲が良く、二人で部屋に用意されていた布団を前にはしゃいでいた。確かに、テルベールにある宿屋の『安らぎの木』や、先ほど行ってきた『ウミネコ亭』はベッドだし、日本式の布団は珍しいんだろうな。

そんな感じで各々がまったりと過ごしていると、不意にアルが口を開いた。

「それにしても、不思議だな」

「え？」

「ここ、隠れ里なんだろ？　それなのに、なんでこんな立派な旅館があるんだろうな」

「言われてみれば……」

旅館というからには人が泊まること前提の施設のはずだが、この里の性質上、外の人が泊まるというのはあんまり考えられない。

揃って首を傾げていると、不意に声をかけられた。

「それは、かつては有力者たちがこの場所にお忍びで来ていたからでござるよ」

「あ、守神さん」

声の方に視線を向けると、俺たちの部屋の入り口に守神さんが立っていた。月影さんと大和様の姿は見えないので、二人は部屋で待っているのだろう。

「お忍びでって……そうなんですか？」

「……あまり大きな声では言えぬでござるが、それぞれが愛人などを連れてこの地にやって来るのはよく見る光景でござった。とはいえ、有力者たちはこの地の詳しい場所は分からないでござる。なんせ、拙者たちの手引きがなければこの里には入れないので……」

「手引きってことは、その人たちの部下にこの里出身者がいたんじゃ？」

「いや、ここ影の里の忍びが仕えるのは、代々大和家のみでござる。しかし、その大和家当主であるムウ様はあのような状態……里の者たちが生きていくには、少しお金が足りなかったでござる。故に、他の有力者たちから金をむしり取る名目で、この地を開放していたんでござるよ。もしこの地に来たければ、大和家の本邸に控えている忍びの者……つまり、月影殿に声をかけることで、予約のような形でこの里に来ることができたのでござる。もちろん、予約の際の合言葉もござった」

「結構、色々なことがあるんですね」

大人の事情って言うか、何て言うか……。

まあでも、ここの場所がバレないのであれば、今は問題ない。

すると、守神さんは思い出したように手を叩いた。

「そうだそうだ。拙者がここに来たのは、伝えることがあったからでござる」

「え？」

「まず、ここにいる間は好きにして構わないでござる。普段の護衛は、拙者と月影殿で行う故」

「えっと、大丈夫……というより、いいんですか？　俺たちもお手伝いしますけど……」

「大丈夫でござるよ。その代わり、もし不審な者を見かけた場合は捕まえてほしいでござる。もちろん、余裕があればの話でござるが……誠一殿たちならば、そこは心配していないでござるよ」

「まあ、誠一がいれば問題ねぇだろ」

「……その信頼に応えられるように頑張リマス」

思わず片言になってしまう俺。だ、大丈夫だろうか。どこからその信頼が出てくるのか分からないが、頑張ろう。

俺の言葉に守神さんは頷く。

「うむ。それで、もう一つの連絡が、この宿屋のことについてなのだが、誠一殿たちも拙者らと同じ扱いでござるので、この宿屋の施設は基本的にすべて自由に使っていいでござる」

「施設……そういえば、ちゃんと何があるのか聞いてなかったな……」

「まああと少しで夕餉《ゆうげ》のときであるし、その際に女将からの説明もござろうが、今なら温泉も自由でござるよ？」

「温泉があるんですか⁉」

つい、守神さんの言葉を聞いて、大きな声を出してしまう俺。

しかし、守神さんはそんな俺の様子を気にせず、頷いた。

「もちろんでござる。この宿の温泉は効能も景色も最高でござるからな。しかも、今は他の宿泊客たちの姿もない……つまり、貸し切りというわけでござる。そこだけは今の状況で嬉しいことでござるな」

「おお……！」

地球でもあまり温泉に行く機会はなかったが、元々風呂は好きなのだ。だからこそ、温泉は嬉しい。

ウミネコ亭のジャグジーも、景色と相まってとてもよかったが、ここの温泉も楽しみだ。

「というわけで、しばらくはこの里を楽しむといいでござるよ。また何かあれば、こちらから連絡するでござる。では……」

そう言うと、守神さんは自身の部屋へと戻っていくのだった。

湯煙凶刃事件

「ああ……いい湯だ……」

俺は早速、宿の温泉に来ていた。

もちろん、ここは男湯であり、守神さんの言葉通り俺の他には誰もいない。

「そういや、守神さんって男性なんだろうか？　女性なんだろうか？」

声の質も見た目も、とても中性的なので、実はよく分かっていなかった。

まあ、性別なんて大きな問題でもないか。

普通に考えれば、男性だろうが女性だろうが、話すときに気を付ける話題なんて、相手を不快にさせないものなんだから。

それさえ守れば、別にどうってことはない。

「それにしても……気持ちがいいなぁ……」

聞いていた通り、この温泉は非常に水質がいいようで、さっきから肌がツルツルすべすべになってる。

それに、景色もよく、ウミネコ亭のジャグジーでは海を一望できたのに対し、こちらは山を一望できる造りになっていた。

この国の気候がどうなっているのかは分からないが、山の木々は青々としており、非常に清々しい。

これ、もし秋とか冬なんて季節感があるのなら、秋は紅葉を見ながら入れるし、冬は雪見風呂ができるのか。最高じゃねぇか！

「俺はまだ、お酒を飲める歳じゃないからあれだけど、大人はこの状況でお酒を楽しむんだろうなぁ」

まあでも、お風呂でお酒は危ないって言うんで、地球でも最近はしなくなってたみたいだけどね。それでも憧れはある。

「ここ、また父さんたちを連れてこよう。父さんと母さんにも楽しんでもらいたいし」

せっかくこの異世界でもう一度父さんたちと過ごせるようになったんだ。少しでも親孝行がしたい。

父さんとお風呂に入る機会なんてほとんどなかったし、一緒に入るのも楽しそうだ。

「はぁ……まあ、あまり楽しんでいられる状況でもないんだろうけどなぁ……」

ただ、今の俺は純粋に楽しむには少し危険な状況にある。

大和様がマジもんの神様みたいな能力を持っていて、それを狙った連中を相手にしないといけないのだ。

「まったく、無粋だよなぁ。そんなものより、こうして静かに、のんびりと風呂に入る方が絶対いいのに」

大和様の話を聞いて、神様みたいな力なんてロクでもねぇなと、つい思ってしまった。

もちろん、何でもできるのはすごいと思うけど、そんなものより目の前の小さな幸せ……まあその幸せが難しいんだが、それを大切にする方が俺の性にあってる。元々小市民なんでね。

ゆったりと温泉を楽しんでいると、隣の温泉……つまり、女湯から声が聞こえてきた。

「誠一ー！　聞こえるー？」

「ん？　サリアかー？」

「うん！　こっちの温泉、とても広いよ！　そっちはどうー？」

「こっちも広いぞー。それに、一人で貸し切りだ！」

「そっかー！　じゃあ、私もそっち行くー！」

「おう、いいぞ――――ってちょっと待てぇぇぇえい！　それはまずい！　ここは混浴じゃないんですよ⁉」

「ええー？　でも、ウミネコ亭でも一緒に入れなかったし、一緒に入りたいなー」

「うぐっ」

な、何て恐ろしくも魅力的な提案なんだ……！

しかし、ここは混浴ではなく、ちゃんと男女別に分かれている場所である。

家族風呂や混浴ならともかく、宿のルールを破るのはよろしくない。

ここは男らしく、きっぱり断らなければ！

「だ、ダダダメだぞぉ、ササササリア！」

「テメェはもう少し自制しろ！」

「ごめんなさい⁉」

アルの鋭いツッコミが隣から聞こえてきた。いやはや、面目ない。多感なお年頃なので。

何とかサリアの魅力的な提案を乗り切り、再び一人でお風呂を楽しんでいると、隣から非常に楽し気な声が聞こえてくる。

「アルー！　背中流してあげる！」

「え？　いや、別に……」

「いいからいいからー！」

「おいおい！　ったく……じゃあ、オレも後でサリアの背中を洗ってやるよ」

「やったー！」

「……すごい」

「ん？　どうした？　オリガちゃん」

「……アルトリアお姉ちゃんのお胸、おっきい」

「どこ見てる⁉」

「で、でも、アルトリアさんの胸、確かに大きいですよね……」

「おおー、確かに！　アルの胸すごいねー」

「ちょっ……さ、サリア!?　な、何でさわっ……」

「……サリアお姉ちゃんも大きい。いいな」

「そう？　オリガちゃんも大きくなるよ！」

「……楽しみ」

「そ、それは……んん！　い、いいから……む、胸を、揉むな……！」

「ええー？　だって気持ちいいんだもん」

「だ、だもんじゃ……ちょっ……やめっ……！」

「そういえば、ルルネさんも胸が大きいですよね」

「……ん。食いしん坊のくせに生意気」

「何だと!?　何がいいのだ、こんなもの」

「……………生意気」

「なっ!?　お、オリガ！　私の胸を……ん!?」

――俺は、鼻血を流しながら温泉に浮かんでいた。

し、刺激が強すぎる……！

ちょっと無防備すぎやしませんかねぇ⁉　お隣に一応、俺がいるんですよ⁉　もしかして、異性としてすら意識されてない⁉　泣いていい？

「ハッ⁉　思わず冥界にもう一度行くところだった……」

何とか正気を取り戻した俺は、頭を振る。

「も、もう上がるか。このままだとのぼせちゃいそうだ……」

温泉とは別の意味でね！

何だか温泉とは別の意味で体が火照《ほて》る中、部屋に戻ろうと立ち上がった瞬間、不意に人の気配を感じた。

「ん？」

一瞬、守神さんかな？　と思いながら振り向くと……そこには、何故か温泉だというのに全身ローブ姿で、顔に鬼のお面をつけた謎の集団が。

「……」

「……」

お互い目が点になり、見つめ合う。

そして――――。

「いやあああああああっ！　エッチいいいいいいいいいい！」

「コイツだ！　殺せえええええええええ！」

俺が叫ぶと同時に、謎の集団は容赦なく襲い掛かってきた！

「ちょっ⁉　ここ温泉ですから！　服脱いで⁉」

「何を訳の分からんことを……早く殺せ！」

「おっかねぇなあ、おい！」

この場合は俺の方が正しいんじゃない？　温泉だよ？　なんで服着てるの。

武器も服もアイテムボックスの中にあるとはいえ、温泉であることに意識が向きすぎて、裸のまま相手の攻撃を避けるという、傍から見ると非常に間抜けな状態に。

すると、隣の温泉にいるサリアたちから声がかかった。

「誠一⁉　どうしたの⁉」

「な、何かよく分からん連中に襲われてる！」

「ええ⁉」

そんな会話をしていると、謎の集団のリーダーらしき男が忌々し気に舌打ちをした。

「クッ！　せっかく里を見つけ、入れたというのに……！　何をもたもたしている！　早く殺さんか！」

「そ、それが……こちらの攻撃が気持ち悪いくらいに当たらないのです！」

「御託はいい！　そこで我らを挑発するかのように揺れている逸物を切り落とせ！」

「ひいいいいいい⁉」

今あの人、俺のアソコ切り落とせって言った⁉　確かに裸だからぷらんぷらん揺れてますけど！

生殖行為はともかく、排せつ時にはまだ使用するから取らないで⁉

「くぅ！　あ、当たらん！」

「忌々しい！　それは自慢か⁉」

「我らのを暗にコケにしているのか⁉　確かに貴様は規格外だが、我々だって……！」

「アンタら何者⁉」

俺を殺しに来たんじゃねぇの⁉　何で俺のアソコを品評してんだよ！

別に自慢してるわけでもなく、アンタらがただお風呂入ってる最中に襲ってきたのが悪いんだからね⁉

「……敵ながらなんと豪胆な……我々にその規格外さを見せつけつつ、同時に弱点を狙われてなお、逃げ切れる自信があると言うのか……！」

「んなこと考えてねぇえええええええええええ！」

もうヤダ、この人ら！

多分、この人らが守神さんや月影さんが警戒していた敵の襲撃者なんだろうけど、そろそろそれが不安に思えてくるような発言の数々ですよ⁉

「とはいえ、このままやられるわけにはいかねぇ……！」

「なっ⁉　――ガハッ⁉」

俺は一番近くの襲撃者の一人に近づくと、軽く腹に触れる。それこそ、羽毛で撫でるくらいの力である。

しかし、それだけで相手は面白いように吹っ飛んだ。

「こ、コイツ！」

「悪いけど、まだこの里を楽しみたいんでね！」

俺は最初の一人を皮切りに、どんどん襲撃者たちを倒していく。

もちろん、俺の中でできる限り最大限手加減しているが……果たして手加減できているのか怪しい。スキル【無間地獄】の効果で死ぬことはないだろうけどさ。

次々と俺のことを……否、俺のアソコを狙って攻撃してくる襲撃者たちを千切っては投げ、千切っては投げの勢いで倒していくと、ついに残るはリーダー格の男だけとなった。

「残るは貴方だけですよ？」

「くぅ……こ、こんな裸男に……！」

「アンタらがここを襲ったんだからね⁉」

裸なのは俺のせいじゃねぇよ！　いや、服着ろよと言われればそれまでだが、ここは温泉。そんな無粋な真似できませんとも。ただのポリシーです。

すると、リーダーは顔を俯《うつむ》かせ、静かに笑う。

「ククク……まさか、ここまでの実力者だったとは思いもしなかったぞ……いいだろう。こうなれば、この俺と貴様で決着をつけようではないか」

「ああ、もちろ――――」

「俺の凶刃と、貴様の凶刃のなあ！」

「何の話だああああああああああああああ！」

リーダーは俺のアソコ目掛けて、その手にしたナイフ……ではなく、短刀？　を振るってきた！

コイツ、本当に自分の武器と俺のアソコで決着つけようとしてるの⁉　バカなの⁉

「獲った……！」

「しまった⁉」

しかし、あまりにもバカすぎるというか、予想外すぎる相手の行動に、ついつい避けることを忘れていた俺は、相手の攻撃を許してしまう。

そしてついに、俺のアソコに相手の刃が……凶刃が届いた！

「この凶刃の勝負……俺の勝ちだあああああああああああ！」

「いやあああああああああっ！　やめてええええええええええええ！」

つい女の子のような声を上げる俺。

だが――――。

パキン。

「なあっ⁉」

「へ？」

俺のアソコに触れた凶刃は、文字通り砕け散った。

それと同時に、当然のように無傷の俺のアソコ。

自身の手の中で粉々になった武器を見つめ、呆然とする男。

そして、リーダーの男は静かに膝をついた。

「俺の負けだ……まさに、凶刃……」

「アンタらバカだろ⁉」

もう何の話をしてるのか分かんねぇよ。俺の命を狙ってたんじゃないんかい。いや、ある意味男としての命《タマ》を奪いに来てたけど！

ていうか、よくよく考えれば、なんでこんな状況に限って武器が俺のことを攻撃するのを嫌がらなかったわけ⁉　冗談抜きでアソコがヒュンってしたよ⁉

カイゼル帝国の兵隊たちを相手にしたときなんかは、勝手に自滅するような状況になったのに、今回は普通に戦うことになったのだ。

その差が分からずに首を捻っていると、脳内アナウンスが聞こえてきた。

『この戦いは、文字通り男としての格を見せつける戦いですので。さすが誠一様。ご立派でございます』

「この世界はバカしかいねぇのか⁉」

ご立派でございますじゃねぇよ！　何？　襲撃者ってこんなんばっかなの？　大丈夫？　黒幕の人、雇う人間違えてない？

「負けは負けだ。好きにしろ」

「えっと……それじゃあ、少し眠っててもらいますね」

「がっ⁉」

もう色々面倒くさいし、何より逃げ出さない保証もないので、一応リーダーの男も気絶させた俺。

襲撃者全員気絶している中、何とも言えない表情で立ち尽くしていると、更衣室の方が慌ただしいことに気付いた。

そして――――。

「誠一！　大丈夫⁉」

「大丈夫か⁉　誠一－！」

「へ？」

サリアとアルが、必死の形相で駆け込んできたのだ――――裸で。

「「……」」

無言で見つめ合う俺たち。

サリアはきょとんとした様子だが、アルは何が起きているのか分からないといった表情から、徐々に視線が下に行き――――。

「な……なあ……!?」

「ぶはあああああああああああ!」

「せ、誠一いいいいいいい!?」

最後に、顔を真っ赤に染めるアルを視界に収めつつ、俺は鼻血を吹き出しながら再び温泉に浮かび上がるのだった。

新たな襲撃

「……一つ、確認したいのでござるが……」

「……はい」

「外つ国では、自由時間に問題を起こすのが普通なのでござるか？」

「すみませんでしたあああああああ！」

俺は過去一番の土下座を決めた。

何故こんなことになってるのかと言えば、温泉を楽しんでいた際、襲い掛かってきた謎の男たちの件である。

「いや、誠一殿たちが無事だったのは本当によかったでござるよ。ただ、とても襲撃された側とは思えぬほどの緊張感のなさだった故……」

「それはもう、大変申し訳ありませぇえん！」

あの後、サリアたちが慌てて俺のもとにやって来てくれたはいいが……よほど焦っていたようで、お互いに裸だったのだ。

特にアルと俺はがっつりお互いのを見ることになり、俺はその刺激に耐えられず鼻血を噴出。

そしてアルは……。

「うぅ……み、見ちまった……あ、あのサイズが普通なのか……？　あ、あんなに大き
――わ、分からねぇ……分からねぇよ……」

ブツブツと何かを呟きながら、今も顔を赤くしていた。もう本当に申し訳ありません。

俺が自分のポリシーを曲げて、大人しく着替えてから戦えばこんな悲しい事件は起きなかったのだ。

……いや、温泉で襲い掛かってきたアイツらが悪い！　襲ってこなけりゃ、こんなことで悩むこともないんだしな！　どうしてくれんだ⁉

ただ、サリアは特に気にした様子もなく、ケロッとしている。まあ森で一緒に過ごしてた時はゴリラなわけで、常に裸みたいなもんですからね！

そんなわけで、色々ありながらも襲撃者を撃退した俺たちは、すぐに着替えて、縛り上げた襲撃者を守神さんに引き渡したのだ。

土下座を決める俺を見て、ため息を吐いた守神さんは、真剣な表情を浮かべた。

「まあいいでござる。ひとまず誠一殿たちが無事だったことは、素直に喜ばしいことでござるからな」

「す、すみません……」

「それよりも、問題は襲ってきたこの連中でござる」

守神さんは視線を鋭くし、ある場所に目を向けた。

そこには、俺が気絶させた謎の男たちが縛られた状態で放置されている。

ただし、あの謎の面はすべて回収されているので、今は素顔が分かった。まあ、俺はこの人たちを一人も知らないので、素顔を見たところで何とも言えないんだが。

だが、どうやら守神さんはこの謎の襲撃者……特に、最後に俺とアホみたいな勝負をして負けた、リーダーの男を見て、顔を険しくする。

「まさか、貴殿が敵に降るとは……」

「……フン。なんとでも言え」

リーダーの男は、だいたい40代くらいであり、左上の額から斜めに大きな傷があった。

それでいて、髪も侍たちのようなちょんまげではなくざんばら髪で、何て言うか……盗賊とか山賊って言葉がぴったりだ。

「守神さんは、この人を知ってるんですか？」

「……知っているでござる。元々は、ムウ様を守護する、由緒正しい家でござる。拙者がムウ様を直接お傍でお守りするのに対し、この者は武力……軍事力で他の諸侯に牽制をする役割を持った家でござった。その家の当主こそ、この男なのでござる」

「なるほど……」

元々は大和様を護るはずの立場にいる人間が、こうして俺たちに襲い掛かってきたのだ。

特に守神さんは、細かい違いはあれど、大和様をお守りするという点ではどこかシンパシーのようなものを感じていたのだろう。

「何故……何故でござるか。貴殿は、今までも他の諸侯を引き受け、抑えてきたではござらぬか。それがなぜ！」

「守神殿。世の中は、人知の及ばぬ物事であふれているのだ。それを、嫌というほど思い知った」

「何？」

「あのお方は……人間などではない。もっと恐ろしい、化け物だ」

「化け物？」

リーダーの男の言葉に、ますます表情が険しくなる守神さん。

「貴殿は、そんな訳の分からぬものに畏れ、ムウ様を裏切ったでござるか！」

「守神殿はあのお方の恐ろしさを知らぬから、そのようなことが言えるのだ！　あのお方は、大和様どころか、この世界の手に負える相手ではない！」

「何を言っておるのだ？」

リーダーの男のあまりの狼狽っぷりに、俺たちは困惑する。

この世界の手に負えないって……どんなレベルの相手なんだよ？　まさか、魔神とか言わないよね？

「……もういいでござる。それよりも、今はこの者たちにここがバレたことの方が問題でござるな。『影の里』の入り口はそう簡単に見つからないはずなのでござるが……」

「……もう遅い」

「え？」

ゆらりと顔を上げたリーダーの男は、静かに口を開いた。

「遅い……とは、どういうことでござるか？」

「俺はもう、後がなかった。一度目の襲撃を貴殿に防がれ、ムウ様を取り逃がしたことでな」

「だから、それがどうしたのでござる？」

「分からぬか？　二度目の機会をいただいた俺は、絶対に失敗することができなかった。しかし、それも貴殿らだけでなく、そこの異国人らによって防がれてしまった。そして、俺は一度目の襲撃を失敗したことで、あのお方から監視をつけられていたのだ」

「まさか⁉」

「――――もうここには、あの方の手勢が来ている」

リーダーの男がそう告げた瞬間、俺たちの部屋に勢いよく月影さんが飛び込んできた。

その背中には、相変わらず無表情の大和様もいる。

「月影殿⁉」

「守神殿、急いでここを出るぞ！　今、この里を謎の生物が襲撃しておるのだ！」

「謎の生物⁉」

ますます訳の分からない状況に、俺たちはただただ困惑していると、リーダーの男は頭を抱え、震え始めた。

「き、来た……もう駄目だ。この国は……いや、この世界は……あのお方に征服されるのだ……」

「貴殿は――――」

守神さんが何かを言おうとした瞬間、突然俺たちの部屋の窓から、何かが飛び込んできた。

そいつは――――。

「キシャアアアアア！」

「な、何だ？」

「……うねうねしてる」

オリガちゃんの言う通りで、突然俺たちの部屋に乱入してきたその生物は、まるで魚に人間の体がくっついたような見た目の、謎の生物だった。

しかし、顔は魚というには少し凶悪で、目がぎょろりと飛び出すだけでなく、両手は触手となってうねうねしている。

何だろう、最近の流行りは触手なのか？　俺が海と陸に頼んだときも触手みたいになってたし。

「な、何でござるか、この生き物は！」

「その生物こそ、あのお方の部下だ……」

「部下でござるか⁉　この気持ち悪い生き物が⁉」

「キシャ⁉」

守神さんにハッキリと気持ち悪いと言われてしまった謎の生物は、その魚のような顔を器用に歪め、ショックを受けているみたいだった。あ、そう言うのは気にしてるんだ……。

しかし、同時に守神さんの言葉に怒ったようで、謎の生物は問答無用で襲い掛かってきた！

「キシャア――――アアアアア⁉」

だが、謎の生物は俺たちにたどり着くことなく、思いっきり吹き飛ばされる。

その原因に視線を向けると、そこには足を振り上げたルルネの姿が。

「魚が陸に上がるな」

どんな指摘ですかそれ？

そもそも、それをルルネが言ったらおしまいだよ？　ロバが喋るなって言われるからね？

まあでも、あの謎の生物は見た目こそ少しアレだが、魚に見えなくもない。

しかし、ルルネはそんな謎の生物を前にしても、暴走することはなかった。

「ルルネ……本当に成長して……」

「……ん。でも、逆に心配。本当に食いしん坊？」

「何だその言い草は⁉」

すまん、ルルネ。オリガちゃんの気持ちも分からんでもない。

「いや……ルルネが魚を見て、食欲が先に来ないのが意外だったからさ……」

「主様……た、確かに以前はそうでしたが、バハムートを食べた今、ただの魚はちょっと……」

あ、成長したって言うより、グルメになっただけ⁉

でも、グルメになったおかげで食欲が落ち着いてくれた今の方がありがたいのも事実。また今度、ルルネと美味しいものでも食べに行くとしよう。

魚を蹴り飛ばしたルルネは、足を軽く振ると、呆れた様子で呟いた。

「それにしても、この国の人間はあの程度も倒せんのか？　普通に魚に手足が生えただけだろう？」

ルルネさん！　普通魚に手足はねぇ！

思わずルルネの言葉に驚いた俺だったが、あることに気付く。

「って……そういえば、アイツが結局何なのか調べ損ねたな」

「んー……別にいいんじゃない？　私たちでも倒せそうだし！」

「だな。相手が何にせよ、襲ってくるなら蹴散らすだけだろ」

「わ、私はどこまでお手伝いできるか分かりませんが、頑張ります！」

サリアたちは頼もしいことに、そう言ってくれる。

するると、ふと守神さんたちが静かなことに気付き、視線を向けると……。

「「「……」」」

守神さんも月影さんも、それこそリーダーの男までもが唖然と俺たちを見ていた。

あ、あれ？

特にリーダーの男に至ってはこれでもかというほどに目を見開いている。

「ば、バカな……あの生物には、我々の刀すら効かぬのだぞ⁉」

「それは貴様らの包丁が鈍《なまく》らなのだろう？　しっかり研げ」

「だから魚じゃねぇよ⁉」

ルルネさんや。

リーダーの男が持ってる武器も、ましてや守神さんたちの所持している刀も、包丁じゃないですからね？

確かに見た目は魚っぽいが、どちらかと言えば宇宙人っぽさを感じる。

……でも、ルルネが海から拾ってきたらしいあの邪神に比べれば、まだかわいいもんだけどな。

そんなことを思っていると、またも同じような謎の生き物が窓から侵入してきた。

「まったく……何度来ても同じだと言うのに……」

「待って、ルルネ！　一応、コイツが何なのか確認するから！」

ルルネが再び蹴りを食らわせる前に、俺はすぐに目の前に生き物に『上級鑑定』を発動させた。

だが……。

『────』

「あれ？」

名前どころか、レベルすら分からなかった。

それも、はてなマークで表記されているんじゃなくて、完全に何も表記されていないのだ。

「んん？　おかしい……バハムートや邪神にはちゃんとスキルは発動してたし、目の前のコイツが邪神より強いとはとても思えないが……」

なんで表記不明なのか首を傾げる俺だったが、謎の生物はそんな俺に容赦なく襲い掛かってきた。

「キシャアアアアアアアアアアアア⁉」

だが、謎の生物はそのまま自分の体の制御を失ったように動き始め、どんどん自傷行為を重ねていく。

「き、キシャ⁉　シャ⁉　シャア⁉」

何が起きているのか理解できないといった表情の謎の生物は、そのまま自分に殴り飛ばされると、窓の外へと勝手に出ていった。

「…………」

「何だかよく分からんが、大丈夫そうだな！」

「「いやいやいや！」」

俺の言葉を聞いた守神さんと月影さん、そしてリーダーの男はすごい勢いで俺の言葉を否定してきた。

「おかしいだろ⁉　何だ、今の現象は⁉　何をどうすればいきなり敵が自滅するというのだ⁉」

「そ、そうでござる！　それに、話によると我らの武器が効かない相手というではござらんか。それが何で……」

「……お、俺たちの攻撃は間違いなく通らなかった。だからこそ、あのお方に侵略されたというのに……何故……」

「いや、何故って言われても……」

俺が訊きたいくらいだ。何もしてないのに勝手に逃げるのって酷くない？

すると、そんな守神さんたちの様子に対して、アルがため息を吐いた。

「誠一と行動するなら、この程度で驚いてたらキリねぇぞ？　オレたちは数回、同じ現象を目にしてるからアレだけどよ」

「アレと同じ現象を数回⁉」

「とにかく、コイツのことで頭を使うだけ無駄だ。どうせまたオレたちの考えも及ばねぇことをしでかすんだからよ」

「しでかさないよ⁉」

なんで俺がわざわざそんな訳の分からないことに突っ込んでいくと思っているんだ。どれもこれも俺が認知してないものばかりだし、不可抗力です！

俺の抗議を全く意にも介さず、アルは守神さんたちに訊いた。

「それよりも、これからどうすんだ？　あの程度の連中なら、オレたちでも蹴散らせるし……いっそのこと、本拠地乗り込むか？」

「そ、それは……」

守神さんはどこか及び腰だったが、月影さんは少し考えた後、一つ頷いた。

「……それがいいかもしれぬな」

「月影殿⁉」

「守神殿。今の誠一殿たちを見たであろう？　どうも拙者たちには想像もつかぬ力を持っているようだ。それに、どのみちこの里の入り口は相手に知られてしまっている。逃げる先が敵の本拠地となっただけだ」

「そ、それが危険だと思うのでござるが……」

守神さんは月影さんの言葉をしっかり考えた上で、やがてため息を吐いた。

「……これもまた、一つの道でござるか。承知したでござる。では、ここからは敵の本拠地に行くでござるよ！」

守神さんの一言をきっかけに、俺たちは次の目的地が決定し、早速行動に移し始めるのだった。

四天王

　敵の本拠地に向かうことが決定した俺たちは、そのまますぐに『影の里』を出発した。

　ただ、そのまま出発してしまうと里が大変なことになるので、出発前に攻めてきた謎の生物たちを相手にしようとしたのだが……。

「き、キシャ……シャ……」

「ク、カ……」

「……（ブクブクブク）」

　何故か謎の生物は陸に打ち上げられた魚のように、酸欠状態で転がっており、俺たちが対処するまでもなかった。な、何が起きたんだろうか？　最初に俺たちに襲い掛かってきたやつらは普通にしてたのに……。

　もしかして、海や陸に続いて今度は空気が動いたとか？　んなバカな……って言いきれねぇのがなぁ！

　まあ実際のところは、俺から何かをしたり頼んだわけでもないので、本当に謎だ。まあラッキーなことに変わりはないので、別にいいのだが。

「な、何が起きているのだ……俺たちがあれほど苦労した化け物が、こんな……」

そんな中、俺たちを敵の本拠地まで案内させるために、襲撃してきたリーダーの男も一緒に付いて来ているのだが、あの謎の生物たちの姿を見て、納得のいっていない様子だった。

ちなみに、このリーダーの男の名前は権兵衛《ごんべえ》さんらしい。

すると、権兵衛さんを拘束《こうそく》している守神さんが、移動しながら口を開いた。

「権兵衛殿。今の栄京はどうなっているでござるか？　あの謎の生物であふれかえっているのでござるか？」

「……そうだ。しかも、それだけではない。我々の知らぬからくり兵器も多数配備されている。そして何より恐ろしいのが……あのお方の側近だ」

「側近……あの謎の生物と何か違うでござるか？」

「何もかも違う。まず、俺たちの言葉を理解し、話すことができる。その上、強力なからくり兵器を自在に操り、さらに面妖な術まで用いるのだ。どうすればあの面々に勝利できるのか……」

権兵衛さんはよほどその謎の生物たちの側近とやらが恐ろしいようで、守神さんに拘束されたまま顔を青くしていた。

それにしても、あの謎の生物の側近か……同じ魚介類でも種類が変わるんだろうか？　こう、出世魚的な？　最後はブリになるのかね？

それはともかく、側近は俺たちの言葉を話すってところで思い出したが……あの謎の生物には『全言語理解』のスキルも発動しなかったな。『上級鑑定』も効かなかったし、どうなってる？　そもそも、この星の生き物なのか？

まさか、あの謎の生物がルルネがどこからか拾って食べた邪神より強いとはとても思えないし……謎が増えるばかりだ。

「そろそろ気を引き締めろ！　栄京はすぐそこだぞ！」

しばらくの間、道とはとても呼べないような、森の中を移動していると、不意に月影さんがそう言った。

こんな風に森の中を移動しているのも、あの謎の生物たちから身を隠すためなのだ。

そして、ようやく森から抜けると、そこには目的地である栄京が確かにあった。

――だが、誰もが予想できないような形で。

「な、何でござるか、あれは……！」

呆然と守神さんが呟く。

しかし、その問いには権兵衛さん含め、誰も答えられなかった。

何故なら……。

「何なんだ、あの鉄の箱は……！」

まさに月影さんの言葉通り、俺たちの目に飛び込んできた栄京は、影の里がもっと栄えたような街でありながら、その街の上空に鉄の箱……いわゆる宇宙船らしきものがたくさん浮いているのだ。

しかも、街の中にもこの時代では考えられないような、不思議な形の塔が建っており、その塔には青白く光るラインがいくつも走っている。

それも、一つだけではない。

等間隔で街を囲うような形で建っていた。

その塔はあまりにもSFチックで、侍とか昔の日本の雰囲気を感じさせる街並みとはあまりにもミスマッチである。

「も、守神さん。あの建物って、元々あるものですか？」

一応の確認も込めて、俺がそう訊くと、守神さんは呆然としたまま首を横に振る。

「な、ないでござる。あんなもの、今までなかったでござるよ……！」

「……何だかどんどんきな臭《くせ》ぇ方向に進むな。別の大陸からの侵略とか、そんなレベルの話じゃねぇだろ？　どう見ても別の世界とか、そんなレベルの文明差じゃねぇか」

アルの言う通り、栄京に広がる様々なSFっぽさを感じるすべては、この星にあるものとはとても思えなかった。

となると、やはりあの謎の生物は宇宙の存在ってことになるのか？

別の大陸を見てないので何とも言えないが、あんな建物を建てられるだけの力があるのなら、今までこの大陸に来てないのもおかしい。

「……ひとまず、栄京に入るでござるよ。実際に見ないことには、とても信じられぬでござる」

守神さんの言うことももっともで、守神さんたちが栄京から逃げ出す際に使用したという、隠し通路のようなものを通り、俺たちは無事に栄京に入ることができた。

そして、身を潜ませながら周囲を窺《うかが》うが、やはりあの謎の生物たちが行き交っており、人間の姿は確認できない。

何よりも、この時代に合っていない塔や、宇宙船らしきものは本物なのだと、近づいたことで分かった。

「権兵衛殿。あの鉄の箱が……？」

「……ああ。あれは、戦艦だ。俺たちが必死こいて鉄の船を造り、海に浮かべようってしてるのに、相手は空に浮かぶ鉄の船をあんなに所有しているんだぞ？　そんな相手にどう立ち向かうって言うんだよ！」

《――――どうもこうも、死ぬだけだ》

『！』

突如、俺たちの頭上から加工されたような声が聞こえてきた。

声の方へ視線を向けると、そこには襲撃してきた魚類のような謎の生物が空中で佇んでいた。

ただし、今までの謎の生物と明確に違う点がある。

今までは本能をむき出しというか、理性の欠片もなく襲い掛かってきた謎の生物だったが、目の前の存在は俺たちに言葉を投げかけるだけの知性を有していた。

しかも、その身にはこれまたSFチックな銀色の鎧《よろい》らしきものが身に付けられている。

これまでとは違う謎の生物を前に、権兵衛さんは顔を青くし、震え始めた。

「あ、ああ……貴方様は……！」

《我だけではない》

『！』

すると、同じような格好をした謎の生物が三人？　も追加するように現れた。

そんな四人？　の謎の生物は、俺たちを見下ろす。

《これだから文明の遅れた星の生物は嫌いなのだ。我らが主の頼み一つもこなせぬとは》

《まあそう言ってやるな。元々の造りが違うのだ。下等生物に我らと同じものを求めるのは酷というものよ》

《それに、一応は主の目的物も連れてきているようだしな？》

完全に置いてけぼりの俺たちを前に、どんどん話を進めていく謎の生物。

なので、俺はついつい訊いてしまった。

「あのぉ……いきなり襲ってくるし、結局貴方たちは何者なんでしょうか？」

《フン。我らの許可なく口を開くとは……本来ならば即刻命を奪うところだが、目的物を運ん

で来た褒美《ほうび》だ、教えてやろう》

《我らは【宇宙四天王】！　新たなる宇宙の支配者となるギョギョン様に仕える者なり！》

「思ったより名前がダセェ⁉」

言葉的に宇宙関連の存在なのは間違いないみたいだ。

ただ、もっとこう、カッコいい役職名？　だと思ってた。

それが【宇宙四天王】なんていう何の捻りもない名前に、思わずツッコんでしまったところで、慌てて口を押さえる。

「ご、ごめんなさい。悪気はないんですよ！　俺の認識ではダサいなぁって思っただけで……ただ、俺たちのことを下等生物って言う割には変な感性だなぁって……」

「……誠一。それ、何の弁解にもなってねーぞ」

「え？」

慌てて自分のツッコミに対する弁解を行った俺だが、アルの呆れた様子の言葉に、改めて視線を宇宙人たちに戻した。

すると、宇宙人たちはまるでタコのように顔を真っ赤に染めている。

あ、あら？

《この我らを愚弄するとは……！》

《た、確かに【ギョウオ星】は何もかもダサいって言われるが……》

《そんなハッキリ言わなくてもいいじゃないか……！》
何か知らんが精神的ダメージ受けてません？
《き、貴様らみたいな我らのセンスを理解せぬ者たちがいるから……！》
《ギョギョン様が宇宙を征服さえすれば、もうバカにされることもないんだぞ⁉》
《せいぜい自分たちの最後のセンスを楽しめ！》
「え、宇宙征服の理由がそれ⁉」
ウソでしょ⁉　ただセンスがダサいからって理由で宇宙征服企んでんの⁉
その思考回路だけは最先端を行ってるよ！
《ええい、もういい！　そこの目的物以外は殺して、すぐにギョギョン様へと捧げるのだ！》
《おう！》
「くっ⁉」
宇宙人たちはその視線をムウ様に向けると、それぞれが腕をこちらに突き出す。
宇宙人の腕にはタブレット端末らしきものが付けられており、それを操作した瞬間、宇宙人が身に付けていた鎧の腕の部分がいきなり変化した。
その変化はすさまじく、まるで某ネット世界で戦う青い戦士や、某宇宙海賊のような砲身へと姿を変えたのだ。
ただし、その二人とは明確に違うのは、砲身の形が魚っぽいこと。

《我ら【ギョウオ星】の技術が詰まった、この【すごいビーム】の前に消えるがいい！》

「やっぱダセェ！」

いや、ダサいというよりそのままだよな⁉　もう少し考えようと思わなかったのか、製作者！

ツッコミが止まらないまま、宇宙人は一斉に俺たち目掛けてビームを発射した！

ウォウォウォウォウォウォ。

ビームの音よ！　何かさっきから見た目といい、宇宙人たちの星といい、魚類を連想させるようなものが多すぎじゃない？　ビーム音も『魚魚魚』って聞こえるし！

そこはギョギョギョじゃねぇんだとか思わなくもないが、どちらにせよ酷い。いや、地球のいつも魚の帽子を被ってたあの人なら喜びそうだけども。

ビームは俺が想像していたような一直線の光線なんかではなく、これまた魚をかたどった光が、まるで魚の群れのように襲い掛かってくる。

ついついじっくりとそんな変わったビームを眺めていると、アルが俺の腕を引っ張った。

「誠一！　のんきに観察してる場合じゃねぇぞ！」

「は⁉　そうだった⁉　あのビームも何だかよく分からんし、ひとまず逃げなきゃ――――」

そう言いかけた瞬間だった。

き、キシャア……。

『……え？』

《……ん？》

光の魚の群れは、いきなりもがき始めると、口をパクパクさせ、最終的には体が崩壊していき、光の粒子となって消えてしまった。

どう見ても、あの光の魚が酸欠死したようにしか見えない。

『……』

意味の分からない光景に、誰もがついつい黙りこくってしまったが、宇宙人以外は何故か俺に視線を向けた。あ、あれ？

「……ここまでくれば、さすがに誰のせいか分かる」

「せ、誠一殿はとんでもないでござるな……」

「え、俺のせいなの⁉」

「いや、他にいねぇだろ？」

「んなバカな⁉」

守神さんと月影さんに指摘され、アルには冷静に突っ込まれた。俺、何もしてないよ⁉

《わ、我らのビームが⁉　貴様ら、一体何をした！》

《ギョウオ星の技術のすべてを注ぎ込み、食らえば素粒子レベルで分解される我らのビームをどうやって⁉》

「名前のわりに効果はヤバいな⁉」

いや、確かにそんな物騒なビームだったんなら『すごいビーム』も納得……はしねぇな。やっぱりダサい。

《ええい、こうなれば……我らが直接……うっ⁉》

宇宙人たちはビームが効かないことから直接襲い掛かろうとするも、突然喉を押さえ、苦しみ始めた。

《い、息が！》

《ど、どうなって……》

《ぎょ、ギョギョォ⁉》

《……（パクパクパク）》

そして、最後は酸欠により意識を失ったのか、そのまま空中から地面に落ちてしまった。

『……』

「だから俺を見ないでくれる⁉」

俺も驚いてるんだって！

あれだけ強者感出して登場したのに、謎の生物と同じように酸欠で倒れるとは思わないじゃん！

あれか⁉　どこぞの黄○様の御付きの人ポジションが陸と海なら、陰から助ける風車ポジションが空……つまり空気だって言いたいの⁉

痛い沈黙が続き、何とも言えない空気が漂っていると、月影さんがため息を吐いた。

「……はあ。まあいい。理由はどうであれ、敵の幹部が倒れたのだ。後は、敵の大将を倒せば——」

《——そんなことは永遠に訪れぬよ》

『！』

さっきの宇宙四天王さんと同じように頭上から声が聞こえ、再び空に視線を向けると、そこには宇宙四天王の見た目に、背中から触手を生やしている、少しバージョンアップした宇宙人が佇んでいた。宇宙人の関係者であることは間違いないが、見るからに四天王よりは強そうである。

その姿を前に、月影さんたちは息をのみ、サリアたちも警戒した様子を見せるが、俺はつい思ったことを口に出してしまった。

「案外登場のバリエーションってないよね……」

「この状況で言うことかよ⁉」

いや、まったくもって、その通り。

ギョギョン

「お主は、何者でござるか？」

俺がアルにツッコまれていると、守神さんが鋭い視線を空中にいる宇宙人へと向ける。

すると、宇宙人は俺たちを見下ろしながら口を開いた。

《我こそはギョウオ星の王にして、新たなる宇宙の大帝となるギョギョンである。下等生物が――頭が高いぞ？》

「くっ⁉」

空中にいる宇宙人――ギョギョンとやらがそう言った瞬間、守神さんと月影さん、そして権兵衛さんがまるで重力か何かで押しつぶされるように、その場に這いつくばった。

「も、守神さん⁉」

「せ、誠一殿たちは……何ともない、で、ござる……か……⁉」

「はい！」

「んなバカな……」

苦しそうな様子のまま、守神さんも月影さんも俺たちを驚愕《きようがく》の表情で見つめる。

そんな顔で見られても、実際何ともないし、サリアたちも特に何も感じていないようだ。

すると、そんな俺たちの様子に気付いたギョギョンが、不愉快そうな声を上げる。

《ん？　下等生物の分際で、我の言葉に抗うというのか？　――万死に値する。死ね》

「――誠一！」

瞬間、ギョギョンの背中から生えた無数の触手が、俺目掛けて襲い掛かってきた！

「うわぁ、気色悪っ！」

つい本音が漏れながらも触手を避けていると、ルルネが目を輝かせる。

「主様！　これ、イカやタコの足みたいですね⁉」

「さすがにそうは見えんよ⁉」

「食べていいですか⁉」

「お腹壊すぞ⁉」

いや、魚類っぽい見た目だし、その上触手ってなると、イカやタコ、クラゲなんかが連想されるけど、目の前の宇宙人を見ちゃうとさすがにそれらは思い浮かばんよ。

とはいえ、襲ってくる触手が鬱陶《うっとう》しいことに変わりはなく、俺たちはひとまず全部の触手を切り落とすことにした。

「らあああああっ！　――アル！　って、妙に弾力があって斬りにくい……！」

「えい！　殴れば弾け飛ぶよ！」

「それはサリアだけだろ⁉」

「……ん。アルお姉ちゃんの言う通り。でも、ゾーラお姉ちゃんの力を使えば、壊すだけ」

「確かにな……ゾーラ、いけるか？」

「は、はい！　任せてください！」

ゾーラの目の力により、次々と触手が石化されていくと、アルは勢いよくそれらを破壊していく。

そんな俺たちの様子を見て、ギョギョンはますます不愉快そうに顔をしかめた。

《……我の高貴なる腕を破壊するか。何たる不遜！　容易く死ねると思うなよ？》

その瞬間、ギョギョンの背中から、追加で触手が生えると、四天王の放った魚型のビームとは違い、まさに閃光といったレーザーが触手の先から放たれ、俺たちに襲い掛かった。

「いや、これ、当たれば容易く死にそうなんですけど⁉」

「ツッコんでねぇでお前も戦え！」

ギョギョンの攻撃を避けながら喚いていると、アルに怒られてしまった。反省。

「そっちが触手なら、俺だって……！」

「……触手が生えるのか？」

「生えないよ⁉」

アルさん、なんでそんな疑惑に満ちた目を向けてくるんですかね？

タコだかイカだか分からんが、そんな人間ならざるモノが生えるわけ――。

……。

「……生えないよね？」

『生やします？』

「生やさねぇよ⁉」

急に脳内アナウンスが語りかけてきたかと思えば、なんてこと聞いてんの？

脳内アナウンスは気の使い方がおかしいから！　もっと俺に忖度して！

……もしかして、忖度した結果がいつものとんでもねぇ状態に繋がってるわけ？

あれ、実は無意識に俺が望んでたりする？

あかん、俺は自分を信じられない……！

《ちょこまかと……忌々しい下等生物どもが。さっさと死ね》

ついつい自分の無意識に関して考えていると、ギョギョンの攻撃はさらに苛烈になる。

そうだ、俺の体から触手を生やすつもりはないが、俺だって触手が使えるのだ！

「陸さん、お願いします！」

「お前、本当に緊張感ねぇな⁉」

こればかりは性格なのでね。

俺は地面に声をかけると、その瞬間、地面が次々と盛り上がり、やがて無数の岩の触手へと姿を変えた。

《何⁉》

その光景に驚くギョギョンだったが、驚くにはまだ早い。

岩の触手はギョギョンの触手に向かうと、すべてを絡み取り、握り潰し、引き抜いた。

《ぎゃあああああああっ⁉》

「おおー！　すごいね、誠一！」

「……痛そう」

サリアが手で庇を作ると、痛みに悶《もだ》えているギョギョンを見て感心したような声を上げた。

オリガちゃんには刺激が強かったみたいだが、サリアみたいな美少女がこの光景を何の抵抗もなく見れているのも不思議な感じがする。まあ元はゴリラだからな。

俺の岩の触手により、すべての触手を引き抜かれたギョギョンは、痛みにのたうち回ると、それがきっかけで、守神さんたちを襲っていた謎の圧力が消えたらしく、フラフラになりながらも立ち上がった。

「大丈夫ですか？」

「た、助かったでござる……」

「……拙者もあの触手に捕らえられたんだったな……未だに訳が分からん……」

「月影さん、安心してくれ。誠一を理解できるヤツはいねぇからよ」

「そんなことないよ⁉」

俺ほど単純明快な男の子っていないと思うんです！

「まあなんだっていい。あの……男？　こそ、我らの真の敵！　そうだな、権兵衛殿！」

「あ、ああ。あのお方こそ、今の栄京を支配されているギョギョン様だ」

「ならば話は早い。あの者を倒せば、再び栄京は元に戻るはずだ……！」

「月影殿、ムウ様のことを――――」

《――――そうだ、『無有』だ！》

「⁉　む、ムウ様！」

突如、ギョギョンが大和様に向けて手をかざすと、月影さんに背負われていた大和様が半透明の球体で覆われ、浮かび上がった。

「な⁉　この！」

すぐに月影さんや守神さんがその球体を破壊しようと攻撃するが、何故か傷一つ付かない。

《ガハハハ！　無駄だぁ！　貴様らはこの街に来た時点ですべてが終わっていたのだよ！》

「何⁉」

球体に包まれた大和様はそのままギョギョンのもとに向かうと、ギョギョンはそれを手で受け止める。

《この街に何の仕掛けもしていないと思ったか？　貴様らがいずれこの街を取り返すべく動くことなど分かり切っていたこと。だからこそ、あらかじめ『無有』を捕獲するための仕掛けを

施しておいたのよ。我としては、貴様らを殺した上で奪い取ろうと思ったのだが……予想以上に貴様らが反抗するのでな。準備をしたかいがあったというものだ》
どうやら俺たちの動きは予測されていたらしい。
まあ、影の里に権兵衛さんたちが来なかったとしても、俺たちの選択肢なんてそう多くないわけで、遅かれ早かれこの街を取り返すために動いていたのは間違いないだろう。
ギョギョンは大和様を伴い、そのまま高度を上げていくと、高らかに叫んだ。
《そこで見ていろ！　この我が、新たなる宇宙の支配者となる瞬間を！》
ギョギョンが手を上空に掲げた瞬間、栄京を囲うようにして建っていた謎の塔が、輝き始めた！
そして、その塔の輝きは頂点に集束すると、一斉にギョギョン……というより、その隣にいる大和様へと放たれる。
光を受けた大和様は、そのまま黄金の光があふれ出した！
《これだ！　このときを待っていたぞおおおおおおおお！》
狂気の笑みを浮かべるギョギョンは、大和様から放たれる黄金の光に手を向けると、何と光はすべて、ギョギョンへと移っていった。
《おおおおおおおおおお！》
徐々に黄金の輝きは増していき、最後にひときわ強い光を放つ。

あまりの眩しさに俺たちは咄嗟《とっさ》に目を隠し、光が収まるのを感じると目を開いた。

「あ、あれは……」

俺は上空に浮かぶギョギョンを見て、目を見開く。

《ククク……クハハハハハハハ！》

驚いているのは俺だけでなく、サリアたちも同じで、守神さんたちも呆然とギョギョンを見つめていた。

何故なら――――。

《どうだ、これこそが新たなる我の――――》

「どこが変わったんだ⁉」

《へ？》

俺の叫びを受け、ギョギョンは間抜けな表情を浮かべた。

いや、だって……。

「あれだけヤバそうな気配が漂ってたから、どこぞのラスボスみたいに第二形態、第三形態くらいの急激な変化があると思うじゃん。でもさ、何も変わってなくね？　俺の気のせい？」

「んなワケねぇだろ？　あれだけ派手な演出があったんだ。こう……変わったんだよ！　……多分」

「えー？　私には同じに見えるけどなぁ」

「……ん。私も同じに見える」

「す、すみません。私もです……」

「触手無きアイツに、価値はないのでは？」

「それはルルネだけの感想だな」

でも本当に何が変わったんだろうか？　どう見ても同じじゃない？

「守神さんたちには何が変わったか分かります？」

「い、いや、拙者には……その……」

《だ、黙れえええええええええええ！》

俺たちが必死にギョギョンの変わった点を探していると、ギョギョンは耐え切れなくなった様子で叫んだ。

《だ、黙って聞いていれば好き勝手言いよって……！　我は、宇宙の支配者になったのだぞ⁉》

「いや、んなこと言われても……」

《……もういい。ならば、我の手に入れた力を見せてやろう！》

ギョギョンは隣に浮かんでいる大和様に手をかざすと、ニヤリと笑った。

《手始めに、もはや用済みのこの下等生物を消し去ろうか？》

「！　む、ムウ様！」

　守神さんが焦った声を出すが、守神さんや月影さんではギョギョンの行動を止める術はない。

　何が変わったか分からないが、もし本当に何か変わり、とんでもない存在になったのだとすれば、大和様が危ない。

　俺はすぐさま岩の触手を使い、大和様を助け出すように頼んだ。

　すると、ギョギョンは大和様から視線を外し、鬱陶しそうに岩の触手に目を向ける。

《フン。またしても我の邪魔をするか。だが、もうそれは通じぬ》

「なっ⁉」

　ギョギョンは何もすることなく、ただ視線を岩の触手に向けただけで、大和様を救うために動いていた岩の触手が、ただの土に戻り、そのまま地面へと落ちていった！

　その光景に驚いていると、ギョギョンは勝ち誇った様子で告げる。

《我は、『無有』の力を手に入れた。つまり、我が望めば、森羅万象、あらゆるものは無となり、有まれる。もはや我に逆らえる存在などいないのだ》

「ほ、本当に変わってたんだ……」

「んなこと言ってる場合かよ⁉」

　そうでした。

　アルからツッコミを受けていると、ギョギョンはどこか頬を引き攣らせながら俺を見る。

《ど、どこまでも我を愚弄するようだな……よかろう。ならば、この下等生物ではなく、最初

に殺すのは貴様にしてやろう！》

「なっ⁉　誠一！」

するとﾞ、ギョギョンはどうやったのかは分からないが、一瞬にして俺の背後に現れると、そのまま俺の頭を掴んだ！

それを見て、近くにいたサリアが慌てて手を伸ばそうとする。

《さあ、己の愚かさを胸に、無となれ――――！》

「せ、誠一いいいいいいいいいいいい！」

サリアの叫び声が、周囲に響き渡るのだった。

幕引き

サリアの叫ぶ声。

息をのみ、信じられないといった表情で俺を見つめるアル。

オリガちゃんもゾーラも、どこか絶望した様子で目を見開いている。

そして、その中心には、愉悦に浸り、邪悪な笑みを浮かべたギョギョンが――。

「……ん？」

《は？》

ギョギョンは、目を点にして、俺を見つめていた。

よく見ると、サリアたちも目が点になっている。

「ど、どうなってるでござるか？」

すると、そんな全員の心情を代表するかのように、守神さんが困惑した様子で呟いた。

《ば、バカな！　何故だ⁉　何故消えぬ！　何故平然としていられる⁉》

「いや、むしろ、何したんですか？」

サリアたちが悲痛な表情で俺のことを見ていたが、正直そこまで心配される理由が分からなかった。

だって、何をされたのか全く分からないし。

「な、何をしたって……お前、理不尽の塊であるお前が生み出した岩の触手がただの土に戻されたんだぞ!? 普通警戒するだろ!?」

「理不尽の塊!?」

アルの言葉についついツッコんでしまうが、なるほど、そういうことか。

どうやら俺の岩の触手が効かなかったことで、アルたちには目の前のギョギョンがより一層化け物に見えたみたいだ。まあ岩の触手なんていう訳の分からない攻撃ができるのも俺くらいだろうし。

って、ちょっと待て。その認識だと、普段は俺が化け物だって言ってるようなもんじゃありません? 大丈夫?

ついそんなことを考えていると、俺の頭から手を放し、ギョギョンは呆然と自身の手を見つめた。

《あり得ぬ……あり得ぬぞ! 我は確かに『無有』の力を手に入れた! 神のごときこの力を! この力をもってすれば、全知全能に至れるはずなのだ! それが防がれるなど……》

『――――貴様ごときが、誠一様に何かできるはずないだろう?』

ふと、脳内アナウンスの声が響き渡った。

あまりにも自然に聞こえたので、いつも通り俺の脳内に語り掛けているのだと思っていたが、どうやら違うらしい。

「な、何だ⁉ 何の声だ⁉」

「すごーい！ 頭に直接響いてる感じがする！」

「え？」

なんと、いつもの脳内アナウンスの声は、どうやら俺だけでなく、この場にいる全員に聞こえているらしい。どういうことだ？

そんな疑問が頭に浮かぶが、それ以上に衝撃を受けていたのは、声をかけられていたギョギョンだった。

《な、なんだ、どこの誰だ、この我を愚弄するのは！ 姿を見せろ！》

『私の姿すら見ることができぬ時点で、底が知れている』

《なっ⁉》

いや、アナウンスさん？ 俺もアナタの姿を見たことないんですけど？ てか姿あるの？

もうどこからツッコめばいいのか、どんどんカオスな状況になっていく中、ギョギョンは叫んだ。

《な、舐めるなぁ！ 『無有』の力を手にした我は、本来存在すべき『限界』という『有』が『無』なのだ！ つまり、無限に進化することもできる！ その力をもってすれば——》

『で？』

《は？》

予想以上に淡々とした声が返ってきたことで、ギョギョンは困惑した表情を浮かべていた。

それはまさしく俺たちも同じであり、もしギョギョンの言ってることが本当なのであれば、とんでもない存在になったことになる。

俺だって『進化の実』を食べたことで進化することができるが、ギョギョンのように無限に進化できるかなんて分からない。

しかし、アナウンスは何も変わらぬ調子で続けた。

『無限も無も有限も、すべては誠一様に通じる』

俺ローマじゃないですよ？

『貴様の語る無限、有限、虚無、死、何もかも、誠一様の支配下。否、勝手に我々が仕えているにすぎん。誠一様が不要だと断ずれば、そんなものは消えるのだ』

待て待て待て！

意味が分からんぞ⁉

アナウンスの言ってることが本当なら、もし俺が死を否定すれば誰も死ななくなるの⁉　冥界行ってきたどころの騒ぎじゃねぇ！

いつから俺はそんな化け物になったんだよ⁉

……割と前からかもしれない。

『それと、貴様は軽々しく進化などと口にするが……その根源を理解しているのか？』
《な、に……？》
『遍《あまね》く世界……貴様らや誠一様の概念で言うところのオムニバースも、次元も、何もかも！　そこに存在する適応・学習・模倣・成長・進化等の能力、力、特性、概念、権能……それらを保持するすべての存在において、誠一様こそが根源であり、誠一様のお情けでオムニバースの者どもは能力を使わせていただいているにすぎん。貴様などに至っては、搾りかす以下だ』
《な……な……！》
いや、根源て！
俺まだ十代だよ⁉　そんな昔から生きてねぇよ！
そもそも人間の話してます⁉
もう滅茶苦茶な話の内容に、もはやギョギョンとアナウンス以外は誰もついていけていなかった。当事者っぽい俺ですらチンプンカンプンなんだが。
すると、アナウンスと対等に会話できているギョギョンが、空を睨みながら叫んだ。
《だ、だから何だと言うのだ！　そこの下等生物より、我が進化すれば……》
『無駄だ。貴様が進化しただけ、その進化したすべては誠一様の力となる』
《は⁉》
「は⁉」

「なんでお前が驚いてんだよ⁉」

だって初耳ですから！

困惑し続ける俺をよそに、アナウンスはどこまでも冷徹に続けた。

『分かったか？　貴様がどれだけ塵芥のような力を進化で手に入れても、誠一様との差は埋まらない。いや、最初から差など存在しない。貴様が進化した力を奪った上で、誠一様が進化するのだ。それだけではない。こうして貴様によって誠一様の貴重な時間を消費している今も、他次元やオムニバースでは様々な存在が進化、成長、適応が続けられている。そしてそれらと同じだけの進化を誠一様もするのだ。その上、進化した存在の力もすべてそのまま誠一様のものとなる。まあ誠一様のお情けにより、関わりのない存在はそのまま成長を続けるが……そうでない貴様は弱体化し、誠一様のみ強くなり続ける。それだけだ』

待って。そんな能力、俺知らない。

しかもサラッと他の次元？　の人からも力をもらってるって言った⁉

《そ、それでは……もはや全知全能ではないか……！》

『そんなものと一緒にするな』

「そんなもの⁉」

全知全能がそんなものって何⁉　それ以上はなくない⁉

俺の考えと同じらしく、ギョギョンも顔を赤くして叫ぶ。

《貴様、どこまで我を愚弄すれば気が済むのだ……！　全知全能こそ、我が求めるすべて！夢だ！　それさえあれば、唯一最高の神として君臨できる！　それを……》

『ずいぶんとスケールの小さい夢だ。全知全能など、所詮《しょせん》は誠一様の奴隷《どれい》でしかないのに』

「誠一、お前……」

「そんな目で見ないで⁉」

知らない！　俺知らないから！　そんな奴隷いたの⁉　てかいらないよ⁉

めっちゃ持て余すヤツじゃん！

しかも全知全能が奴隷って言う割には知らないことしかないんですけど⁉

すると、アナウンスはギョギョンに対する態度とは打って変わり、優しい声音で俺に語り掛けてきた。

『誠一様は何も心配する必要はないのです。誠一様が何でもできるのは当然として、それらすべての雑事は我々が処理すること……誠一様のしたいと思ったことは、すべて我らが完遂、または手助けするだけなのですから。力を行使する必要も、そんな機会もありません。全知全能が勝手にやってくれます』

怖ぇよ！

もはや崇拝の域じゃん⁉

第一、全知全能が勝手にやるって何⁉　誰の話ですか⁉

そもそもそんな存在が、なんで一個人として、それこそ一つの世界で暮らせてるの！

『それはもちろん、誠一様がそう望まれていることを我々が知っているからです。我々としては、誠一様自身が剣を振るうような事態は避けたいのですが、誠一様自身は自分で動きたいご様子ですし……我々は誠一様がただ健やかに、幸せに過ごせるよう、その手助けをさせていただいているにすぎないのですから。誠一様が嫌がるようなことは決していたしません』

恐ろしいほどの待遇っぷりだよねぇ！

そりゃあ訳も分からんまま何もかも終わるなんてホラーでしかないよ⁉

だったら少しでも自分の手で動きたいと思うのが普通でしょうよ。いや、もう俺の普通が信用できなくなってきた。

『何はともあれ、貴様がどれだけ足掻こうが、どのような力を手にしようが、貴様の敗北は変わらん。大人しく宇宙に帰るのだな』

完全に置いてけぼりの俺たちをよそに、そう締めくくるアナウンス。

すると、ついに耐え切れなくなったギョギョギョンが、力を解放した。

《この我を――――バカにするなああああああああああ！》

「！」

ギョギョンの体から、大量の触手が生えてきた！　って、気持ち悪っ⁉

今まではギョギョンの背中からしか生えていなかった触手だが、今はギョギョンの顔や手、まさに全身から触手が生え、その触手の先からはレーザーを乱射しながら俺たちに襲い掛かる。

しかも、栄京の上空に佇んでいた宇宙船らしき存在も、俺たちに向かって動き始めた！

「おい、誠一、どうすんだよ⁉　あの脳内に語り掛けてきた声、お前関連のヤツだろ⁉」

「何だか難しい話いっぱいしてたねー」

「……ん。さっぱり分からなかった」

大丈夫、オリガちゃん。俺も分かってねぇ。

つい現実逃避気味にそんなことを考えているが、ギョギョンの暴走は止まらず、宇宙船も砲身のようなものが次々と現れると、何やらエネルギーらしきものが溜まっていく。

「なっ⁉　このままじゃ、栄京が！」

「それよりも、ムウ様をどうにかしなければ……！」

守神さんの言う通り、未だに空中に浮かんでいる大和様を回収しないと。

月影さんや守神さんでは空中にいる大和様を回収することはできないようなので、ひとまず俺はその場から軽く跳びあがった。

「せ、誠一殿おおおおお⁉」

一瞬にして大和様のいる場所まで来た俺は、そのまま大和様を包んでいる球体に触れる。

これ、邪魔だな。

ふとそう思った瞬間、球体は一瞬にして砕け散った。

……うん。アナウンスが言ってた意味が少しわかった気がした。

解放された大和様を抱きかかえ、地上に降りようとするが、それに気付いたギョギョンが阻《そ》止《し》しようと動いた。

《逃がすかあああああああああああああ!》

ギョギョンから生えた触手が徐々に絡み合い、やがて一本の束になると、その先端に極限まで圧縮されたエネルギーが溜まっていく。

そして、それは俺目掛けて解き放たれた。

だが――――。

「いや、もうそういうのいいんで……」

つい本音が漏れると、俺に向かっていたエネルギーが『あ、ハイ』と言わんばかりにしぼんでいき、俺に届く前には霧散してしまった。

《ど、どうなってる⁉ 我は、『無宥』を手にして、全宇宙の支配者になるはずだ! それがなぜ⁉》

『一つ、貴様は勘違いをしている』

《へ?》

必殺技らしきものが呆気なく終わったことで、動揺を隠せなかったギョギョンは、再び聞こえてきたアナウンスの声に、気の抜けた声を発した。

『誠一様が気にかけてらっしゃる存在から、力が奪えたと本当に思っているのか？』

《ま……まさか……!?》

『我々のそれっぽい演出を受け、力を奪えたと驕《おご》り高ぶるその姿、実に滑稽《こっけい》だったぞ？』

《あ……あああ……！》

『――さらばだ。陸に打ち上げられし、哀れな魚よ』

《あああああああああああああ――――》

その場で絶叫したギョギョンは、徐々にその声の勢いをなくしていくと、最後は謎の生物たちや宇宙四天王のように、酸欠となり、そのまま倒れてしまうのだった。

…………。

「え、ナニコレ？」

「「それはオレ／私たちのセリフだ！」」

皆にツッコまれるのだった。

うっかり救世主、再び

今までで一番訳の分からないやられ方をしたギョギョン。

その姿を呆然と眺めていると、アナウンスが俺たちに声をかける。

『いかがでしたか？　少しでも誠一様が楽しめるように私たち、頑張りましたよ！』

「あ、はい」

『それではまた、誠一様が何かに遭遇された際は、同じようにエンターテイメントに昇華させてみせましょう！』

「あ、はい」

『では、これにて――――』

つい、同じ言葉で反応を重ねる俺に対し、アナウンスは最初から最後までテンションが高いまま、消えていった。

……。

ちょっと頭が追い付かないので、一度整理しよう。

アナウンスの言葉から推測するに、どうやら大和様から力を奪ったかと思えば、それはギョギョンの勘違いで、実際は何も奪えていなかったと。

それもこれも、全部アナウンスの言う全知全能？　とやらがやってくれたことなんだろう。

しかも、それらはすべて、エンターテイメントにするためだと。

ひとまず、色々言いたいことはある。

まず、全知全能が全部やってくれるってのも意味が分からないし、ギョギョンの宇宙征服の動機もその結末もぶっ飛んでる。

ただ、それ以上に言いたいのは……。

「やっぱり変わってなかったんだな……」

「感想それかよ⁉」

俺の呟きにアルがすかさずツッコんだ。

いや、あれだけそれっぽい雰囲気だしてて、劇的な変化が起こると思ってたのに、ふたを開けてみれば何も変わっていないと。

それなのにギョギョンは変わったと言い張ってたわけで……。

「何ていうか……哀れだったな」

「……ん。少し同情」

「敵だった上に、色々物騒なことを言ってたヤツに同情する余地はねぇが……これぱかりはオレもオリガに同意だな。すべて計画通りかと思えば、誠一が来た時点で根本から計画を潰されて、見世物の一つにされるとか……どんな悪夢だ？」

「返す言葉もないですねぇ！」

アルの言う通りだ。むしろ、敵より悪役してるとさえ思う。

なんせ、せっかく頑張って計画したものが、ただのエンターテイメントとして消費されるんだからね！

そんな俺たちの会話を聞いていたサリアは不思議そうな表情で首を傾げる。

「でも、悪いことしようとしてたんなら、仕方ないんじゃない？　やられて嫌なことをするんだし、それは自分の身には起こらないって思うのは変じゃないかなぁ」

何て言うか、サリアの言葉はとても真理をついているようにも思えた。

俺が敵によって悪夢であったとしても、向こうの計画が成功したらしたで俺たちからすればそれは悪夢なわけで。どっちもどっちだよな。

「一つ言えるのは、悪いことはしない、だな」

「……ん。いい子にする」

決意に満ちたオリガちゃんの頭を撫でた。

「――いや、訳が分からんでござるよ⁉」

何か綺麗にまとまりそうだなぁと思っていると、今まで固まっていた守神さんが詰め寄ってきた。

「一体誠一殿は何なんでござるか⁉　いきなり拙者たちの脳内に声が聞こえたと思えば、敵は勝手にやられる……訳が分からぬでござる！」

「大丈夫ですよ」

「え？」

「俺も分かってないんで」

「それもどうかと思うでござるよ⁉」

そう言われても、どうすることもできない。分からないものは分からないのでね！

「あ、それよりも、大和様を……」

「……」

無事に連れ戻すことができた大和様を月影さんに渡すが、その表情は何故か無表情で
――。

「……外つ国、怖い」

「月影さん⁉」

めちゃくちゃ怖がられてしまった。そんな……こんなに人畜無害な人間もそういないのに
……。

ついへこんでしまいそうになる中、俺はふと思ったことを聞いた。

「それで、これからどうするんです？　一応、ギョギョンを含めた敵はやられたみたいですけど……」

そう、アナウンスの言葉を受け、そのまま酸欠となったギョギョンだったが、実はギョギョンだけでなく、宇宙船も次々と栄京の外に墜落していたのだ。

つまり、今の栄京は謎の塔が建っている以外、元通りである。

……あの謎の塔も、結局大和様から力を奪うためのものだったらしいけど、それすら舞台装置扱いだもんなぁ。恐ろしい。

「そ、そうでござるね……ひとまずは栄京の民の様子を確認したり、色々することはあるでござる。それに、結末はどうであれ、拙者たちは誠一殿たちに助けられたでござる。その恩に報いるためにも、ぜひとも栄京にて、もてなさせていただきたいでござるよ」

すると、守神さんの言葉を聞いていたサリアたちが目を輝かせた。

「また温泉入れる⁉」

「もちろんでござる」

「で、では、食事も期待していいんだな⁉」

「ぜひとも、栄京の味を知っていただければ……」

どうやら影の里で満足にできなかった東の国を満喫させてもらえるみたいだ。

俺たちはそのことに喜びながら、守神さんたちに連れられ、ひときわ大きなお城へと招待されるのだった。

◆◆◆

「――あと少しだ！」

誠一たちが東の国で滅茶苦茶しているころ、ウィンブルグ王国の国境付近の森の中を、神無月華蓮《かんなづきかれん》たちは駆け抜けていた。

「はぁ……はぁ……あ、足が……！」

「日野《ひの》君！　ここで止まれば、奴らに捕まるぞ……！」

勇者のグループから抜け出した華蓮たちは、さらにアグノスたちFクラスの面々とも合流し、カイゼル帝国の手から逃れるため、まだカイゼル帝国に支配されていないであろうウィンブルグ王国へと向かっていた。

だがその途中、ついに華蓮たちが逃げ出していることに気付いたカイゼル帝国の兵士に追われることになったのだ。

今もなお、華蓮たちの背後からカイゼル帝国の兵士の怒声が聞こえる。

「追え！　絶対に逃がすんじゃないぞ！　ウィンブルグ王国の国境付近には『剣騎士《ナイト・オブ・ソード》』や『黒の聖騎士《ブラック・パラディン》』がいるやもしれん！　国境を越えられれば、それらと戦う可能性もある。我らが強いとはいえ、奴らを相手にするのは骨だ。いいか、絶対に国境を越えさせるな！」

カイゼル帝国の兵士たちは、全員『超越者』となったこともあり、ウィンブルグ王国の最強戦力である『剣騎士』であるルイエスや、『黒の聖騎士』に負けるつもりは微塵《みじん》もなかった。

とはいえ、未だにウィンブルグ王国を支配できていないことからも、正面から戦うのは面倒だと言う認識は持っており、被害が出る可能性を嫌っていた。

だが、カイゼル帝国の兵士たちにとって、有利な面も一つあった。

それは、『山』がないこと。

ウィンブルグ王国の『山』とは、文字通りの普通の山ではない。

なんと、ウィンブルグ王国の国境の一部に存在するその『山』は、とある魔物の背中だったのだ。

普段はその魔物は動くこともなく、常に眠っている。

しかし、大勢の人間がその『山』の上を通ると、魔物は目を覚まし、動き始めるのだ。

そのため、普段はカイゼル帝国の兵士たちもその方向から攻めるようなことはしない。

しかし、華蓮たちが逃げた先は『山』のない方向だったため、カイゼル帝国の兵士たちも全力で追うことができていた。

「か、神無月先輩！　あとどれくらいですか!?」

「分からない。でも、走り続けるしかない……！」

翔太《しょうた》の言葉に顔を歪めながら走っていると、ついに森を抜ける。

だが、その先には——何もない草原が広がっていた。

「そんな……」

今まで森の中を走ることで、カイゼル帝国からの追手をまくことができていた。

だが、遮蔽物《しゃへいぶつ》もなく、ただの広い草原となっては捕まってしまうのも時間の問題だった。

「おいおい、マジかよ……ここに来てこりゃねぇぜ」

「……これぱかりは仕方ない。この場にいる誰も、ウィンブルグ王国の地理に詳しくないのだ」

アグノスの言葉に、ブルードが苦々しく答える。

全員、目の前の光景に呆然としていると、カイゼル帝国の兵士たちが追い付いた。

「まったく……手間をかけさせやがって……。どうやったのかは知らねぇが、腕輪の効果が切れてるようだな？　お前たちにはもう一度、より強力なアイテムで自由を奪ってやる。それに、どうやって腕輪の効果から逃れられたのかもすべて話してもらおうか？」

「くっ！」

華蓮たちは勇者とはいえ、レベルも特に高くはなく、戦闘能力は低い。

そして、百人を超える『超越者』であるカイゼル帝国の兵士たちがこの場に集結していた。

もはや、華蓮たちが逃げられる可能性はない。

すると、華蓮たちと一緒に逃げてきていた、世渡愛梨《せとあいり》の友人である野島優佳《のじまゆか》が声を上げた。

「黙って聞いてりゃ好き勝手言いやがって……騙してたのはテメェらだろうが！　逃げて何が

悪い！　そのくせ、またアタシらの自由を奪うだって？　冗談じゃねぇよ！」

「おうおう、この子の言う通りだぜ。なんでテメェらがすでに勝った気でいやがるんだ？　あ
あ⁉」

優佳の言葉に続いてアグノスも口を開くと、すぐにカイゼル帝国の兵士たちを挑発する。

口の悪い二人に、思わずブルードは頭を押さえた。

「今は言い争ってる場合じゃないんだが……」

「まあ仕方ないっスよね～。むしろ最後の悪あがき的な面もあるんじゃないっスか？」

「……愛梨、それは思ってても言っちゃダメだと思う」

「どうでもいいけど、ウチ、もう走るのはマジ勘弁《かんべん》してほしいんですけど」

愛梨や優佳の友人である清水乃亜《しみずのあ》と天川瑠美《あまかわるみ》も声を上げる。

この場で自己主張が強いのは、優佳たちのグループであり、他の面々は不安そうな表情を浮かべたり、警戒したりとそれぞれの反応を見せていた。

だが、カイゼル帝国の兵士たちにはどれも関係なく、冷たい目を向ける。

「何と言おうが、お前たちはこの場で終わりだ。――――さあ、連行しろ」

ジリジリと距離を詰めつつ、華蓮たちを拘束しようとするカイゼル帝国の兵士たち。

この場にいる誰もがここまでかと――――そう思った瞬間だった。

「……ん？」

ふと、兵士の一人の耳に、耳鳴りのような音が響いた。

最初は気のせいだと無視しようとした兵士だったが、その音は徐々に強くなり、さらには他の兵士も異変を感じ始めたことで、気のせいではないことに気付く。

「な、何だ!? 何の音だ!?」

「この音は……」

華蓮たちの耳にも音が入り、全員が周囲を見渡す。

すると、頭上から謎の音がしていることに気付いた一人の兵士が、空を見上げ――――絶句した。

「な――――」

つられて全員空を見上げた瞬間、巨大な何かが降り――――。

ズシャアアアアアアアアアアアアアアアアアアアアアアッ！

すさまじい衝撃波が華蓮たちに襲い掛かる。

思わず顔を腕で庇いながら、必死に踏ん張ると、やがてすさまじい暴風と地響きが収まった。

「い、一体何が……」

華蓮は恐る恐る顔を上げ、周囲を見渡すと……なんと、カイゼル帝国の兵士たちと華蓮たちの間に、巨大な亀裂ができていた。

それはまるで、一つの斬撃《ざんげき》で切り裂かれたような……そんな断面をしていた。

華蓮と同じく、目の前の光景に気付いたカイゼル帝国の兵士は叫んだ。

「な、なんじゃこりゃあああああああああああああ⁉」

せっかく追い詰めた華蓮たちだったが、まるで二つの団体を引き裂くように出来上がった巨大な亀裂を前に、兵士たちは動くことができない。

なんせ、その亀裂の幅はすさまじく、５００メートルは優にあり、さらに迂回しようにも亀裂の終わりが見えないのだ。

何をどうすれば、いきなりこんな亀裂ができるのか。

しかも、勢いだけで見れば、星を一刀両断する勢いなのだ。むしろ星が斬れていないことこそ奇跡と言える。

だが、この状況を華蓮は逃すわけにはいかなかった。

「ハッ！　皆、今のうちに逃げるぞ！」

「お、おう⁉　何だかよく分かんねぇが、アンタの言う通りだな！」

「なっ⁉　お、おい、待て！　待てぇえええええええええ！」

カイゼル帝国の兵士たちは必死に声を上げ、華蓮たちを追いかけようとするが、どうやっても亀裂の向こう岸に渡る手段がない。

忌々し気に叫ぶカイゼル帝国の兵士たちを後に、華蓮たちは無事に逃げ切ることができた。

そして、しばらく草原を走り続けていると、目の前から鎧を着た別の兵士の団体を発見する。

「あ、あれは……」

「まさか、挟み撃ちされたのか⁉」

別のカイゼル帝国の兵士かと緊張する華蓮たち。

だが、目の前の兵士が掲げている旗を見て、ブルードは緊張を解いた。

「いや、違う。あれは……ウィンブルグ王国の旗だ」

『！』

ようやく目的の国の兵士らしき集団を前にしたことで、華蓮たちは気が抜けそうになる。

しかし、目の前の集団が本当にウィンブルグ王国の者なのか分からない今、簡単に気を抜くことはできなかった。

そんなギリギリの状態でいる華蓮たちの前に、兵士たちを代表して一人の女性――――ルイエスが現れた。

「アナタ方は……確か、師匠の生徒でしたよね？　一体どうして……」

不思議そうな表情を浮かべるルイエスだったが、見知った顔が現れたことで、華蓮たちは本当の意味で逃げ切ることができたのだと、確信するのだった。

――――そして、その手助けとなったあの巨大な亀裂が、どこか遠い宇宙の果てで、『人間』が夜の王と戦った際、放った一撃であることを、誰も知らない。

番外　現在のヴァルシャ帝国

誠一の助太刀により、窮地《きゅうち》を脱したヴァルシャ帝国。

そこは、国全体を覆う『封魔の森』の効果により、魔法が使えない土地として知られていた。

だが、誠一がカイゼル帝国や魔神教団の使徒を海に捨てる際、陸地ごと運び、海に捨てたため、そこのみぽっかりと穴が開いてしまい、それを埋めるように誠一が魔法を使ったところ、緑は復活しながらも、魔法が使える環境ができた。

それだけではない。

誠一をヴァルシャ帝国に案内した、アメリアの特殊能力によって偽りの命を与えられた『木』が進化し、その木から放出される魔力を用いることで、よりスムーズに魔法が使えるようになっていた。

そして、その環境を利用し、現在は戦争の復興作業と並行して、ヘレンによる魔法の授業が行われている。

「――――いい？　人にはそれぞれ得意な属性っていうものがあるわ。私は火属性って感じでね」

『おお！』

ヘレンが実演するように手から炎を出すと、感動した様子でヴァルシャ帝国の兵士たちは声を上げた。

元々回復魔法以外馴染みのなかったヴァルシャ帝国の民は、こんな簡単な魔法であってもすぐに感動していた。

というのも、ヴァルシャ帝国の民は国の外を知らずに人生を終わるものが大半だった。

それは『封魔の森』という特殊な環境であることと、その森に生息する魔物が強力であることから、中々森を抜けるのも難しいのだ。

それこそ、よほどの理由がない限りは外に出ない。

そのため、ヴァルシャ帝国は国内生産のみで国を支えることができるほど、生産力に優れていた。

とはいえ、こうして魔法が使えるようになった今、外の国に出かけやすくなり、さらに高い生産力から様々な品を輸出できるため、もし貿易ができるのならより国力を高めることができるだろう。

しかし、現在はカイゼル帝国により、ほとんどの国が占領され、貿易どころではなく、現在の魔法も自衛手段としてすぐに身に付けるという目的が大きかった。

「とまあ、こんな感じで魔法が使えるわけだけど、誰でもすぐに使えるわけじゃないわ。私たちは環境のせいでまともに魔法を使ったことはなかったけど、魔力はあったでしょ？　それを上手く扱えないと、魔法は発動しないのよ。だから、皆にはその魔力の操作を覚えてもらうわ。いいわね？」

『はい！』

　こうして魔力操作の訓練がスタートするが、やはり最初ということもあり、すぐに上手く魔力を扱える人間はいなかった。

　ある程度特訓が進むと、一度休憩することになり、ヘレンは木陰に座り込む。

　すると、その木陰の下こそ、進化したという巨木だった。

『ずいぶんと張り切っておりますねぇ』

「……アンタはずいぶんと馴染んでるわね」

『それはもちろん、木ですから！』

「……あっそ」

　巨木のテンションにうんざりしながらも、ヘレンはふと空を見上げる。

『誠一先生、どうしてるかな……』

「……」

『って、考えてますよね？　ね？』

「燃やしていいかしら？」

『のおおおおおおおおおおん！』

必死に逃げようとしているのか、巨木が大きく揺れるものの、その場から逃げることはできなかった。

『ハッ⁉ 進化した弊害がこんなところで！ 環境破壊、反対ですから！』

「アンタ一本くらい、害ないわよ」

『人間は皆そう言うんですよ！』

「知らないわよ……」

休憩しているつもりが、巨木のせいで逆に疲れたと言わんばかりにヘレンはため息を吐く。

すると途端に、巨木は優し気な口調で続けた。

『ですが、まあ……大丈夫ではないですかな？』

「え？」

『ヘレン様が気になされているのは、誠一様だけではないでしょう？ それぞれ故郷に帰られた、学友の皆様を心配されているのでは？』

「そ、それは……まあ……」

『むしろ、その心配の方が大きいでしょうね。誠一様は、心配するだけ無駄ですから』

「いや、さすがにそれは………その通りかもしれないわね」

『でしょう？』

ヘレンは巨木の言葉に反論しようとしたが、どう考えても誠一がピンチの状況が想像できなかった。

『まあどれだけ心配されても、できることとできないことがあります。我々は誠一様ほど理不尽ではないのですから、すべてを救い上げるなんて到底不可能なのですよ』

「……そうね。私は私にできることを。もし、この国に助けを求めてきたのなら……それに応えられるよう、力をつけないと」

『ええ。それがよろしいでしょう』

ヘレンは立ち上がると大きく伸びをし、巨木の方へ振り返る。

「話し相手になってくれてありがとう。もうちょっと頑張るわ」

『いえいえ。私はただの木ですから。……ハッ⁉　つまりヘレン様は、木に話しかける可哀想な人ということに⁉』

「やっぱり燃やすわね」

『のおおおおおおおおおおおおおおん！』

今のヴァルシャ帝国は、以前までとは考えられないほど、どこかのんびりとした時間が漂っているのだった。

進化《しんか》の実《み》～知《し》らないうちに勝《か》ち組《ぐみ》人生《じんせい》～⑫

2021年3月2日　第1刷発行

著者　美紅《みく》

発行者　島野浩二

発行所　株式会社双葉社
〒162-8540
東京都新宿区東五軒町3-28
電話　03-5261-4818(営業)
　　　03-5261-4851(編集)
http://www.futabasha.co.jp
(双葉社の書籍・コミック・ムックが買えます)

印刷・製本所　三晃印刷株式会社

フォーマットデザイン　ムシカゴグラフィクス

ISBN978-4-575-75284-7　C0193
Printed in Japan

Mみ01-12

著 どまどま
画 福きつね

おい、外れスキルだと思われていた

チートコード操作が

化け物すぎるんだが。

①

Rev. :Cheat dude that which was thought as an outreach skill is too monster.

18歳になると誰もがスキルを与えられる世界で、剣聖の息子アリオスは皆から期待されていた。間違いなく《剣聖》スキルを与えられると思われていたのだが……授けられたスキルは《チートコード操作》。前例のないそのスキルはゴミ扱いされ、アリオスは実家を追放されてしまう。だがその外れスキルで、彼は規格外なチートコードを操れるようになっていた！幼馴染の王女もついてきて、彼は新たな地で無自覚に無双を繰り広げていく！

発行・株式会社　双葉社

モンスター文庫

魔法という物が世界に浸透しているこの世界。それなのに、魔法が使えず普通な生活を送っていた少年がいた。名をユリス・アンダーブルク。しかし、彼は編み出した。体内の魔力を使い世界に干渉する魔法とは違い、空気中にある魔力を使い世界に干渉する――魔術を。そして、後に襲われている聖女セシリアを偶然助けることに。しかし、助けたまでは良かったが、何故かユリスの家から出て行こうといないセシリア。そんなセシリアと楽しい生活を送っていたユリスは父からセシリアと一緒に魔法学園に入学しないかと言われる――。魔術を極めし少年の学園ファンタジー開幕！

モンスター文庫

発行・株式会社　双葉社